梁祝传说

总主编 杨建新

浙江省非物质文化遗产代表作丛书

浙江摄影出版社

周静书 编著

浙江省非物质文化遗产代表作丛书编委会

顾　　问 ◎ 黄坤明　葛慧君
主　　任 ◎ 杨建新　钱巨炎
副 主 任 ◎ 金庚初　朱忠明
委　　员 ◎ 柳　河　方培新
　　　　　　邢自霞　何新星
　　　　　　王　淼　陈叶萍
　　　　　　甘建辛　胡　红
　　　　　　裘国樑　陈顺水

总 序

浙江省人民政府省长 吕祖善

中华传统文化源远流长,多姿多彩,内涵丰富,深深地影响着我们的民族精神与民族性格,润物无声地滋养着民族世代相承的文化土壤。世界发展的历程昭示我们,一个国家和地区的综合实力,不仅取决于经济、科技等"硬实力",还取决于"文化软实力"。作为保留民族历史记忆、凝结民族智慧、传递民族情感、体现民族风格的非物质文化遗产,是一个国家和地区历史的"活"的见证,是"文化软实力"的重要方面。保护好、传承好非物质文化遗产,弘扬优秀传统文化,就是守护我们民族生生不息的薪火,就是维护我们民族共同的精神家园,对增强民族文化的吸引力、凝聚力和影响力,激发全民族文化创造活力,提升"文化软实力",实现中华民族的伟大复兴具有重要意义。

浙江是华夏文明的重要之源,拥有特色鲜明、光辉灿烂的历史文化。据考古发掘,早在五万年前的旧石器时代,就有原始人类在这方古老的土地上活动。在漫长的历史长河中,浙江大地积淀了著名的"跨湖桥文化"、"河姆渡文化"和"良渚文化"。浙江先民在长期的生产生活中,创造了熠熠生辉、弥足珍贵的物质文化遗产,也创造了丰富多彩、绚丽多姿的非物质文化遗产。在2006年国务院公布的第一批国家级非物质文化遗产名录中,我省项目数量位居榜首,充分反映了浙江非物质文化遗产的博大精深和独特魅力,彰显了浙江深厚的文化底蕴。留存于浙江大地的众多非物质文化遗产,是千百年来浙江人民智慧的结晶,是浙江地域文化的瑰宝。保护好世代相传的浙江非物质文化遗产,并努力发扬光大,是我们这一代人共同的责任,是建设文化大省的内在要求和重要任务,对增强我省"文化软实力",实施"创业富民、创新强省"总战略,建设惠及全省人民的小康社会意义重大。

浙江省委、省政府和全省人民历来十分重视传统文化的继承与弘扬,重视优秀非物质文化遗产的保护,并为此进行了许多富有成效的实践和探索。特别是近年来,我省认真贯彻党中央、国务院加强非物质文化遗产保护的指示精神,切实加强对非物质文化遗产保护工作的领导,制定政策法规,加大资金投入,创新保护机制,建立保护载体。全省广大文化工作者、民间老艺人,以高度的责任感,积极参与,无私奉献,做了大量的工作。通过社会各界的共同努力,抢救保护了一大批浙江的优秀非物质文化遗产。"浙江省非物质文化遗产代表作丛书"对我省列入国家级非物质文化遗产名录的项目，逐一进行编纂介绍，集中反映了我省优秀非物质文化遗产抢救保护的成果，可以说是功在当代、利在千秋。它的出版对更好地继承和弘扬我省优秀非物质文化遗产，普及非物质文化遗产知识，扩大优秀传统文化的宣传教育，进一步推进非物质文化遗产保护事业发展，增强全省人民的文化认同感和文化凝聚力，提升我省"文化软实力"，将产生积极的重要影响。

党的十七大报告指出，要重视文物和非物质文化遗产的保护，弘扬中华文化，建设中华民族共有的精神家园。保护文化遗产，既是一项刻不容缓的历史使命，更是一项长期的工作任务。我们要坚持"保护为主、抢救第一、合理利用、传承发展"的保护方针，坚持政府主导、社会参与的保护原则，加强领导，形成合力，再接再厉，再创佳绩，把我省非物质文化遗产保护事业推上新台阶，促进浙江文化大省建设，推动社会主义文化的大发展大繁荣。

2008年4月8日

前 言

总主编 杨建新

"浙江省非物质文化遗产代表作丛书"即将陆续出版了,看到多年来我们为之付出巨大心力的非物质文化遗产保护成果以这样的方式呈现在世人面前,我和我的同事们乃至全省的文化工作者都由衷地感到欣慰。

山水浙江,钟灵毓秀,物华天宝,人文荟萃。我们的家乡每一处都留存着父老乡亲的共同记忆。有生活的乐趣、故乡的情怀,有生命的故事、世代的延续,有闪光的文化碎片、古老的历史遗存。聆听老人口述那传讲了多少代的古老传说,观看那沿袭了多少年的传统表演艺术,欣赏那传承了多少辈的传统绝技绝活,参与那流传了多少个春秋的民间民俗活动,都让我深感留住文化记忆、延续民族文脉、维护精神家园的意义和价值。这些从先民们那里传承下来的非物质文化遗产,无不凝聚着劳动人民的聪明才智,无不寄托着劳动人民的情感追求,无不体现了劳动人民在长期生产生活实践中的文化创造。

然而,随着现代化浪潮的冲击,城市化步伐的加快,生活方式的嬗变，那些与我们息息相关从不曾须臾分开的文化记忆和民族传统，正在迅速地离我们远去。不少巧夺天工的传统技艺后继乏人，许多千姿百态的民俗事象濒临消失，我们的文化生态从来没有像今天那样面临岌岌可危的境况。与此同时，我们也从来没有像今天那样深切地感悟到保护非物质文化遗产，让民族的文脉得以延续，让人们的精神家园不遭损毁，是如此的迫在眉睫，刻不容缓。

正是出于这样的一种历史责任感，在省委、省政府的高度重视下，在文化部的悉心指导下，我省承担了全国非物质文化遗产保护综合试点省的重任。省文化厅从2003年起，着眼长远，统筹谋划，积极探索，勇于实践，抓点带面，分步推进，搭建平台，创设载体，干在实处，走在前列，为我省乃至全国非物质文化遗产保护工作的推进，尽到了我们的一份力量。在国务院公布的第一批国家级非物质文化遗产名录中，我省有四十四个项目入围，位居全国榜首。这是我省非物质文化遗产保护取得显著成效的一个佐证。

我省列入第一批国家级非物质文化遗产名录的项目，体现了典型性和代表性，具有重要的历史、文化、科学价值。

白蛇传传说、梁祝传说、西施传说、济公传说，演绎了中华民族对于人世间真善美的理想和追求，流传广远，动人心魄，具有永恒的价值和魅力。

昆曲、越剧、浙江西安高腔、松阳高腔、新昌调腔、宁海平调、台州乱弹、浦江乱弹、海宁皮影戏、泰顺药发木偶戏，源远流长，多姿多彩，见证了浙江是中国戏曲的故乡。

温州鼓词、绍兴平湖调、兰溪摊簧、绍兴莲花落、杭州小热昏，乡情乡音，经久难衰，散发着浓郁的故土芬芳。

舟山锣鼓、嵊州吹打、浦江板凳龙、长兴百叶龙、奉化布龙、余杭滚灯、临海黄沙狮子，欢腾喧闹，风貌独特，焕发着民间文化的活力和光彩。

东阳木雕、青田石雕、乐清黄杨木雕、乐清细纹刻纸、西泠印社金石篆刻、宁波朱金漆木雕、仙居针刺无骨花灯、硖石灯彩、嵊州竹编，匠心独具，精美绝伦，尽显浙江"百工之乡"的聪明才智。

龙泉青瓷、龙泉宝剑、张小泉剪刀、天台山干漆夹苎技艺、绍兴黄酒、富阳竹纸、湖笔，传承有序，技艺精湛，是享誉海内外的文化名片。

还有杭州胡庆余堂中药文化，百年品牌，博大精深；绍兴大禹祭典，彰显民族精神，延续华夏之魂。

上述四十四个首批国家级非物质文化遗产项目，堪称浙江传统文化的结晶，华夏文明的瑰宝。为了弘扬中华优秀传统文化，传承宝贵的非物质文化遗产，宣传抢救保护工作的重大意义，浙江省文化厅、财政厅决定编纂出版"浙江省非物质文化遗产代表作丛书"，对我省列入第一批国家级非物质文化遗产名录的四十四个项目，逐个编纂成书，一项一册，然后结为丛书，形成系列。

这套"浙江省非物质文化遗产代表作丛书"，定位于普及型的丛书。着重反映非物质文化遗产项目的历史渊源、表现形式、代表人物、典型作品、文化价值、艺术特征和民俗风情等，具有较强的知识性、可读性和权威性。丛书力求以图文并茂、通俗易懂、深入浅出的方式，展现非物质文化遗产所具有的独特魅力，体现人民群众杰出的文化创造。

我们设想，通过本丛书的编纂出版，深入挖掘浙江省非物质文化遗产代表作的丰厚底蕴，盘点浙江优秀民间文化的珍藏，梳理它们的传承脉络，再现浙江先民的生动故事。

丛书的编纂出版，既是为我省非物质文化遗产代表作树碑立传，更是对我省重要非物质文化遗产进行较为系统、深入的展示，为广大读者提供解读浙江灿烂文化的路径，增强浙江文化的知名度和辐射力。

文化的传承需要一代代后来者的文化自觉和文化认知。愿这套丛书的编纂出版，使广大读者，特别是青少年了解和掌握更多的非物质文化遗产知识，从浙江优秀的传统文化中汲取营养，感受我们民族优秀文化的独特魅力,树立传承民族优秀文化的社会责任感,投身于保护文化遗产的不朽事业。

"浙江省非物质文化遗产代表作丛书"的编纂出版,得到了省委、省政府领导的重视和关怀,各级地方党委、政府给予了大力支持;各项目所在地文化主管部门承担了具体编纂工作,财政部门给予了经费保障;参与编纂的文化工作者们为此倾注了大量心血,省非物质文化遗产保护专家委员会的专家贡献了多年的积累;浙江摄影出版社的领导和编辑人员精心地进行编审和核校;特别是从事普查工作的广大基层文化工作者和普查员们,为丛书的出版奠定了良好的基础。在此,作为总主编,我谨向为这套丛书的编纂出版付出辛勤劳动、给予热情支持的所有同志,表达由衷的谢意!

由于编纂这样内容的大型丛书,尚无现成经验可循,加之时间较紧,因而在编纂体例、风格定位、文字水准、资料收集、内容取舍、装帧设计等方面,不当和疏漏之处在所难免。诚请广大读者、各位专家不吝指正，容在以后的工作中加以完善。

我常常想，中华民族的传统文化是如此的博大精深，而生命又是如此短暂，人的一生能做的事情是有限的。当我们以谦卑和崇敬之情仰望五千年中华文化的巍峨殿堂时，我们无法抑制身为一个中国人的骄傲和作为一个文化工作者的自豪。如果能够有幸在这座恢弘的巨厦上添上一块砖一张瓦，那是我们的责任和荣耀，也是我们对先人们的告慰和对后来者的交代。保护传承好非物质文化遗产，正是这样添砖加瓦的工作，我们没有理由不为此而竭尽绵薄之力。

值此丛书出版之际，我们有充分的理由相信，有党和政府的高度重视和大力推动，有全社会的积极参与，有专家学者的聪明才智，有全体文化工作者的尽心尽力，我们伟大祖国民族民间文化的巨厦一定会更加气势磅礴，高耸云天！

2008年4月8日

（作者为浙江省文化厅厅长、浙江省非物质文化遗产保护工作领导小组组长）

总序
前言

序言

梁祝传说溯源
[壹]古籍记载的梁祝传说 / 006
[贰]梁祝传说依附的遗迹 / 011

梁祝传说的分布和流传
[壹]浙江的梁祝传说 / 024
[贰]浙江梁祝传说故事选 / 032
附：浙江梁祝传说基本篇目 / 061
[叁]我国其他地区的梁祝传说 / 063
[肆]我国其他地区梁祝传说故事选 / 065
附：我国其他地区梁祝传说基本篇目 / 082

梁祝民间歌谣
[壹]梁祝民间歌谣主要名录 / 088
[贰]梁祝民间歌谣选 / 090

梁祝民间信仰和风俗
[壹]全国各地的梁祝民间信仰和风俗 / 102
[贰]梁祝信仰和风俗文选 / 107

绚丽多彩的梁祝文化
[壹]以文学和戏曲形式表现梁祝故事 / 122
[贰]梁祝影视作品 / 124
[叁]其他艺术形式 / 125

走向世界的梁祝文化
[壹]梁祝文化在朝鲜、韩国 / 130
[贰]梁祝文化在印度尼西亚 / 134
[叁]梁祝文化在越南 / 137
[肆]梁祝文化在日本 / 138
[伍]梁祝文化在欧美各国 / 142

梁祝文化的保护与传承
[壹]梁祝文化的濒危状况 / 146
[贰]梁祝文化的保护与传承 / 149

参考文献

目录

序言 / PREFACE

　　美丽动听的梁祝传说，是中国"四大民间传说"之一，最早产生于东晋时期的浙东一带，至今已有一千六百多年历史。梁祝传说以其追求知识，主张男女平等、婚恋自由的鲜明主题与女扮男装、三载同窗、十八相送、楼台相会、合葬化蝶等传奇故事，赢得了人民大众的喜爱，千百年来代代相传，颂扬不息，在我国家喻户晓，并流传到朝鲜、韩国、越南、印度尼西亚等亚洲国家，影响到德国、美国等欧美国家。梁祝传说还通过戏曲、曲艺、小说、影视、音乐、舞蹈、美术等艺术形式广泛表现,被演绎为经典的爱情故事。她是中华文化的瑰宝,也是珍贵的世界非物质文化遗产。2006年被列入国家级非物质文化遗产名录,2008年被列入浙江省申报世界非物质文化遗产预备名录。

作　者

梁祝传说溯源

除有最早的古籍记载梁祝传说及最古老的梁祝遗址外，目前搜集到的梁祝传说大多产生、流传于浙江一带，这是梁祝传说发源于浙江的重要依据。

梁祝传说溯源

[壹] 古籍记载的梁祝传说

我国至今看到的最早的梁祝传说文字，见于唐代张读（834—?）的《宣室志》，其中记载："英台，上虞祝氏女，伪为男装游学，与会稽梁山伯者同肄业。山伯，字处仁。祝先归。二年，山伯访之，方知其为女子，怅然如有所失。其告父母为聘，而祝氏已字马氏子矣。山伯后为鄞令，病死，葬鄮城西。祝适马氏，舟过墓所，风涛不能进。问知有山伯墓，祝登号恸，地忽自裂陷，祝氏遂并埋焉。晋丞相谢安奏表其墓曰'义妇冢'。"在这里，梁祝传说中"同装"、"同窗"、"同葬"的主要情节已得到比较完整的体现，并且明确表明

梁山伯与祝英台（年画）

了传说主人公祝英台为浙江上虞人,梁山伯为会稽(今绍兴、宁波、舟山一带)人,祝英台祭墓处和梁祝同葬处在"鄮城(今宁波)西"。由此,我们可以清楚地看到梁祝传说的最早发源地在浙东一带。

梁祝传说记载,另见北宋大观元年间明州(今宁波)知府李茂诚的《义忠王庙记》(又称《梁山伯庙记》),其中曰:"神(山伯尊称)讳处仁,字山伯,姓梁氏,会稽人也。神母梦日贯怀,孕十二月,时东晋穆帝永和壬子三月一日,分瑞而生。幼聪慧有奇,长就学,笃好坟典。尝从名师过钱塘,道逢一子,容止端伟,负笈担簦。渡

宁波梁祝古墓及庙(约摄于20世纪初)

航相与坐而问曰：'子为谁？'曰：'姓祝，名贞，字英台。'曰：'奚自？'曰：'上虞之乡。''奚适？'曰：'师氏在迩。'从容与之讨论旨奥，怡然相得。神乃曰：'家山相连，予不敏，攀鱼附翼，望不为异。'于是乐然同往。肄业三年，祝思亲而先返。后二年，山伯亦归省。之上虞，访英台，举无识者。一叟笑曰：'我知之矣。善属文者，其祝氏九娘英台乎？'踵门引见，诗酒而别。山伯怅然，始知其女子也。退而慕其清白，告父母求姻，奈何已许鄞城廊头马氏，勿克。神喟然叹曰：'生当封侯，死当庙食，区区何足论也。'后简文帝举贤，郡以神应召，诏为鄞令。婴疾勿瘳，嘱侍人曰：'鄞西清道源九龙墟为葬之地也。'瞑目而殂，宁康癸酉八月十六日辰时也。郡人不日为之茔焉。又明年乙亥暮春丙子，祝适马氏，乘流西来，波涛勃兴，舟航萦回莫进。骇问篙师，指曰：'无他，乃山伯梁令之新冢，得非怪欤？'英台遂临冢奠，哀恸，地裂而埋璧焉。从者惊引其裙，风裂若云飞，至董溪西屿而坠之。马氏言官开椁，巨蛇护冢，不果。郡以事异闻于朝，丞相谢安奏请封'义妇冢'，勒石江左。至安帝丁酉秋，孙恩寇会稽，及鄞，妖党弃碑于江。太尉刘裕讨之，神乃梦裕以助，夜果烽燧荧煌，兵甲隐见，贼遁入海。裕嘉奏闻，帝以神功显雄，褒封'义忠神圣王'，令有司立庙焉。"

这个记载中的梁祝传说已十分丰富完整，尤其是对梁祝的籍贯、生卒年月、故事情节及身后的传说作了充分的表述。除了与《宣室志》叙述的梁祝籍贯和合葬地相同外，还补证了梁祝读书处为"钱塘"（今杭州），墓葬的具体地点为"鄮西清道源九龙墟"（今宁波市鄞州区梁祝文化公园内），马文才的籍贯则是"鄮西廊头马家"，宁波梁山伯庙建于"安帝丁酉秋"，即公元397年秋，故事发生地点基本在浙江东部范围。

较早记载梁祝传说的方志是南宋乾道五年（1169年）张津编纂的《四明图经》（又称《乾道四明图经》），文字虽然简洁，故事却十分明了："义妇冢，即梁山伯、祝英台同葬之地也，在（鄞）县西十里接待院之后，有庙存焉。旧记谓二人少尝同学，比及三年，而山伯初不知英台之为女也，其朴质如此。按《十道四蕃志》云，义妇祝英台与梁山伯同冢，即其事也。"这段文字将祝英台女扮男装、与梁山伯三载同窗、死后同冢这些

南宋宁波地方志《四明图经》中记载有梁祝传说

梁祝传说的主体情节表达得十分清楚，而且也表明了梁祝同葬之地在"（鄞）县西"，并"有庙存焉"，即梁山伯庙。这段记载最重要的价值是引出了比张读《宣室志》更早的记载，即梁载言的《十道四蕃志》，虽简单带出一句"义妇祝英台与梁山伯同冢"，却点明了梁祝传说的要义。梁载言是初唐中宗李显时代人，曾任唐太府少卿（约705—707年）。《十道四蕃志》的记载，离故事发生只有三百三十多年时间。文中的"旧记"也说明，在此之前早有记载。古籍尚且早有记载，那么可以推论，在民间这个故事流传得更早。《四明图经》是宁波地方志，宁波旧称"四明"，因西有四明山而得名。该志原以地图冠首，文字居后，可惜图均遗失，仅存文字，不然我们极有可能会在图中找到梁祝墓。其烟屿楼校本尚藏于浙江图书馆和宁波天一阁藏书楼。

　　除此三种古籍记载外，目前国内尚未找到更早的有故事情节的梁祝传说记载。而能查考到的更早的记载这个传说的古籍，则有南北朝梁元帝萧绎的《金楼子》和《会稽异闻》，但现在找不到《金楼子》全本和《会稽异闻》。《金楼子》成书离梁祝传说发生仅一百五六十年，而《会稽异闻》则明确表明梁祝传说是发生在会稽地区的"异闻"（传说）。会稽郡最早设立于秦始皇时期，辖吴越地区，包括今浙江大部、江苏长江以南部分及福建全省，后辖境逐渐缩小，至晋初，晋灭吴，设会稽公国。东晋初，复为会稽郡，辖区则限于绍兴、宁波、舟山、台州等浙东地区。因此，最早的梁祝传说记载中"会稽"、"上虞"、"鄮城"这些地名，表明梁祝故事发生于浙东一带是毫无疑问的。

[贰]梁祝传说依附的遗迹

1. 宁波鄞州的梁祝遗迹

梁祝传说最早的记载中说梁山伯和祝英台合葬在"鄮城西"。宁波古代曾为鄮县的县城，故亦称"鄮城"。而在宁波城西，今鄞州区高桥镇有一处一千多年来香火不绝的梁祝墓和梁山伯庙古迹。这块梁祝传说遗址与最早的梁祝传说文字记载中的生态风貌惊人地一致。距它不到10公里的姚江上游是有着七千年文明史的河姆渡遗址，宁波梁祝遗址就坐落在姚江中下游的东岸，此处是姚江最宽阔的地段，上游的山洪和下游的甬江入海口浪涛时常激荡涌撞这一段江流，因此风猛流急、巨浪滔天，当地人称此为"九龙嘘"，因而此地名为"九龙墟"，祝英台被逼嫁乘船经过此处，《宣室志》称"舟过墓所，风涛不能进"，与梁祝传说产生的自然生态环境完全吻合，于是在这里上演了感天动地的祝英台哭墓、殉情而与梁山伯合葬的传奇。《宣室志》和《义忠王庙记》均曰："山伯后为鄞令。"查史载，当时晋简文帝在位，确曾下诏举孝廉，会稽郡等"岁各举二人"。梁山伯因"品学兼优"，被举荐为鄞县令。宁波地方志中历代县令名录中也清楚地记载："东晋鄞县令，梁山伯，字处仁。"按鄞州当地民众传说，梁山伯是位清官，为老百姓办了许多好事。当年八月十六大潮汛，他是在巡视姚江洪灾时累倒的，临终嘱咐从将他安葬在姚江边九龙墟，以示死守大堤、保境安民的抗洪信念。因而，如今考古发掘的梁祝古墓就在九龙墟临江而筑。

宁波梁祝古墓历代保存完好。1925年秋，著名学者钱南扬先生曾实地考察，目睹了梁山伯庙和墓原貌，并写成了著名的田野调查报告《宁波梁祝庙墓现状》。宁波中国梁祝文化博物馆至今珍藏着20世纪初拍摄下来的一批梁祝墓、梁山伯庙的珍贵照片。梁祝墓、梁山伯庙在20世纪50至60年代遭到严重破坏，庙被改为粮食仓库，梁祝墓上部被平毁，中下部墓穴填上泥土，建起了房子。1997年7月，当地文物部门对梁祝墓进行了抢救性发掘，梁祝墓遗存大白于世。

从考古发掘结果认定，该墓葬面积70平方米，墓室实际占地面积46平方米，南北长10.2米，东西宽5.25米，系砖砌拱券顶单穴墓葬。梁山伯初葬时系单身未婚，单穴是可能的。又据考证，在唐以前，按宁波当地丧葬习俗，即使夫妻合葬一般也都是单穴，而且如今发掘出的单穴规模相当于两具棺木的空间。现存墓残壁高0.4至1.05米，自南至北分别由甬道、前堂、过道和棺室四部分组成，墓底皆用砖铺地。魏晋以来，统治者推行九品中正制，"上品无寒门，下品无庶族"。等级森严的门阀政治同样体现在墓葬规格中。此墓恰好反映了这一时代特征。考古报告认为："墓主人为一位出身寒门的下品官员。"这与梁山伯"出身寒门"和县令身份是相符的。

从该墓出土的墓砖有长方形、刀形和楔形三种,砖面纹饰题材丰富,有五铢钱纹、重回字纹、菱形纹、人面纹、重十字纹和花蕾纹等多种,具有典型的晋砖特征,现存数百块。在棺床西侧出土了残碎的四肢骨、头盖骨约五十余片,人骨周围散落着五十多枚五铢钱,大部分残损锈蚀。棺木已经腐朽成炭,但朱红漆皮仍依稀可见。在墓室前堂东部,清理出陶灶、水井罐等十多件陪葬器物。陪葬器物

考古发掘中的梁祝古墓

中既有为墓葬特别烧制的明器，如灶、罐和甑，又有日常生活器皿，如青瓷罐、罍、熏炉等。器物外表饰弦纹、水纹、席纹和斜方格纹等，具有鲜明的汉代、三国、东晋时期器物的特色。考古鉴定陪葬物品的年代，最早的是汉末，最晚的是晋代。如三国时期的黑釉席纹四系罍、晋代的女俑背子等。考古成果有力地说明，无论是古籍记载还是绝大多数传说的表述，都认为梁祝故事发生于东晋时期。

梁祝古墓中的陪葬品

墓内没有一件陪葬物是晋代以后的物品，而且出土的墓砖全是晋砖。由此可以界定出梁祝传说发生的准确年代绝对不会迟于晋代，也不可能早于晋代。南宋乾道年间宁波地方志《四明图经》卷二"冢墓"篇载："义妇冢，即梁山伯、祝英台同葬之地也，在（鄞）县西十里接待院之后，有庙存焉。"这段八百多年前简洁的文字记载，将墓主及墓的方位表述得非常清楚。宋代的鄞县县城即今宁波市中心城区,"县西十里"就是今宁波城西鄞州区西高桥镇梁祝文化公园内梁祝墓道的位置。"接待院"系梁祝墓、梁山伯庙东南面的一个寺院,原寺已毁,今已修复。近期发现的南宋宝庆三年(1227年)绘制的《鄞县境图》,图中明确地标示着"义冢梁山伯祝英台",它的位置与今发现的梁祝墓道的位置不偏不倚,在望春与高桥之间的姚江边九龙墟上。而在山东潍坊杨家埠木刻年画作坊里,我们意外地发现了清代木刻中国地图,版图中在宁波(鄞县)城西处把"梁山伯祝英台义冢"作为重要名胜清楚地标注着,可见当时的山东人也已经知道梁祝墓在宁波城西。

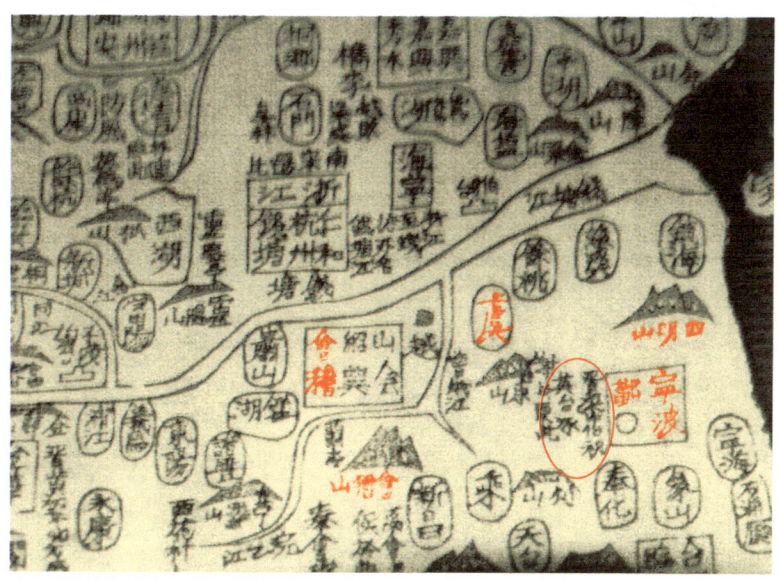

在山东潍坊杨家埠木刻年画作坊中发现的清代木刻中国地图上清楚地标明梁祝古墓的位置

宁波梁山伯庙旧影

修复后的宁波梁山伯庙

因此，有关梁祝墓的历史记载和考古发现，为梁祝这一千古传奇的产生地提供了真实可靠的生活和生态环境依据。

紧邻梁祝墓的东面，是梁山伯庙。庙建于何时？据北宋李茂诚《义忠王庙记》记述："至安帝丁酉秋（397年）……帝以神功显雄，褒封'义忠神圣王'，令有司立庙焉。"初为祀奉县令梁山伯，故此后历代鄞县（宁

宁波梁祝文化公园一景

波)主政官员多去朝拜立碑或修葺庙宇,到后来民众祭祀梁山伯、祝英台。依此推算,梁山伯庙自始建至今已有一千六百多年历史了。根据钱南扬先生考察记载:"庙的正屋为五开间,前后三进。"当时的庙系清同治末年修建,民国十二年(1923年)又进行修缮粉饰。

1997年,在庙址上修复了梁山伯庙,为适应民俗文化活动需要,规模大增,气势恢宏,并增添了名人书艺碑廊和大型梁祝瓷壁画等景观。

现今的梁祝传说遗址,经规划完善,除古墓、庙外,还修建了梁山伯九龙墟殉职处和祝英台登岸祭奠的遗址碑,保护了姚江沿岸梁祝传说发源地的原生态环境,并新建了梁祝传说中的主要场景"读书院"、"凤凰山"、"祝家庄"、"十八相送路"以及化蝶音乐广场等。

2.绍兴上虞祝英台故里遗迹

传说中祝英台的故里上虞祝家庄,位于宁波梁祝遗址西北方向大约35公里的地方,西面紧邻古会稽郡治绍兴,是古越文化兴盛之地,名人辈出,如东汉思想家王充、奏封梁祝"义妇冢"的东晋丞相谢安、山水诗人谢灵运、方志学家章学诚以及近现代的马一浮、胡愈之、竺可桢、夏丏尊等科学、文化大家。祝家庄在上虞市丰惠镇,山清水秀,风景优美,现存古迹有祝氏祖堂、古井、玉水河等。古代《上虞县志》也记载了梁祝传说。祝家庄边的玉水河通往曹娥江和姚江,这为传说中称祝英台乘船出嫁鄞城西廊头马文才提供了佐

上虞祝家庄祝氏祖堂遗迹

上虞玉水河畔的祝家庄

证。在古代宁绍平原水乡，交通多以舟楫为主，祝英台出嫁时也不例外。水路相通，是这个传说的几处发源地互有关联的客观地理环境。而最早记载梁祝传说的《宣室志》和《义忠王庙记》都明确地说祝英台是上虞人。梁祝传说中改装求学、楼台相会、逼嫁抗婚等主要情节发生在祝家庄，因此，上虞祝家庄是梁祝传说的重要原生地之一。

3. 杭州梁祝读书处

传说中梁祝三载同窗读书在杭州。北宋李茂诚《义忠王庙记》首次道出了梁祝同窗读书的处所："尝从名师过钱塘"。这里的"钱塘"是指钱塘江，"钱塘"也是杭州的古称。大多数梁祝传说以及由此演绎的各种戏曲、小说等，都说梁山伯、祝英台读书在杭城。从杭州的历史文化地位和传说发源地的地理位置来看，这一说法应该是可信的、合乎情理的。杭州现在还存有双照井、观音堂、草桥门等传说中的遗迹，因此可以说杭州是梁祝传说中三载同窗和十八相送情节发生的重要遗存地。如今杭州万松书院作为梁祝读书的纪念性景观也是可以理解的。

杭州万松书院

据此,不少著名学者都对梁祝传说的发源地有着精确的论断。1930年,钱南扬在《祝英台故事叙论》中论述故事的流布时说:"看它从浙江向北,而江苏、安徽,而山东,而河北,折而向西,到甘肃。"1954年,著名作家张恨水在创作长篇小说《梁山伯与祝英台》时,遍查古籍,做了大量的创作准备,列举了浙江宁波等十处被认为是梁祝出生地的地方,结论为:"自然,以第一处(浙江宁波)为妥。因为作者收罗梁祝故事,其间提到会稽上虞的要占百分之八十。而根据宋代以后文字,都指明了埋葬地在宁波,也当然梁祝产生地在浙江了。"

除有最早的古籍记载梁祝传说及最古老的梁祝遗址外,目前搜集到的梁祝传说大多产生、流传于浙江一带,这是梁祝传说发源于浙江的重要依据。并且,浙江既有经典的梁祝爱情传说,又有梁山伯勤政为民的清官传说,还有梁祝"前世"和"身后"的传说,以及由此衍生的大量民俗、物产传说,充分体现了故事的整体性、丰富性和多样性,具有鲜明的梁祝传说原生地特征。

梁祝传说的分布和流传

梁祝传说丰富多彩,既有各种异文的完整爱情故事,又有祝英台女扮男装求学、梁祝三载同窗和殉情化蝶的单体故事,还有梁山伯清官传说、与梁祝有关的习俗传说及各地风物传说。

梁祝传说的分布和流传

梁祝传说丰富多彩，既有各种异文的完整爱情故事，又有祝英台女扮男装求学、梁祝三载同窗和殉情化蝶的单体故事，还有梁山伯清官传说、与梁祝有关的习俗传说及各地风物传说。它跨越了地域界线、民族类别和时代，把一千六百多年间各地区、各民族的思想情感、审美观念和民俗风情都集聚和积淀到这个美丽的传说中去，赋予它深刻的思想内涵和深厚的文化底蕴，并时时闪耀着历代人民大众聪明智慧的光芒。

根据中华书局出版的《梁祝文化大观》（故事歌谣卷）和《梁祝的传说》及各地书刊发表的梁祝传说统计，梁祝传说至少已达到一百多篇（文字大同小异的不计），流传区域涉及中国大多数省、自治区。这些传说内容和地域的分布，以浙江为主，其次为江苏、河南、广西、山东、福建、四川、湖北、台湾等地，部分流传在偏远和相对闭塞的地区，至今还有一些尚未搜集记录。

[壹]浙江的梁祝传说

浙江流传的梁祝传说占目前全国搜集到的传说总数的百分之六十以上，其中梁祝爱情故事完整的有十多篇，单体传说五十多篇。

这些传说主要流传地在宁波、上虞、杭州，反映的内容也富有宁波、上虞、杭州的地方特色。

1. 宁波的梁祝传说

宁波的梁祝传说以鄞州为主，其次是宁波老市区。这主要是梁祝传说发源地中心在鄞州高桥，宁波老市区原为鄞县县城。

宁波的梁祝传说主体内容分为两大部分：

第一类是梁祝爱情传说，说祝英台为外出求学，女扮男装，恳求父亲准许，父亲约法三章后放行；梁山伯、祝英台求学途中巧遇，结拜为兄弟；梁祝同窗三载，情深意长，山伯未识英台为女儿身；祝父书信催女儿英台辍学返家，英台辞学托师母做媒与山伯婚配；山伯送英台回乡，途中情真意切，英台妙语暗喻表达挚爱之情；英台父母做主，收下聘礼，将英台许配给会稽太守之子马文才；英台抗婚，祝父逼嫁；山伯病重，英台探望；山伯辞世，英台吊丧；英台被逼出嫁，船过梁墓，风浪大作，上岸祭奠。宁波梁祝传说有几种结

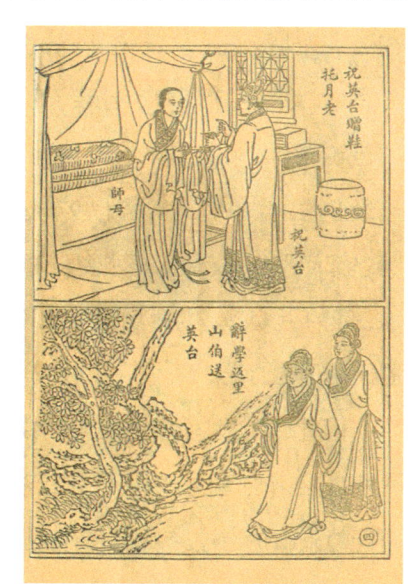

梁祝传说古籍中的插图

尾：一是撞碑殉情，两家求阴配；又说坟裂，跳进墓内合葬，二人化为蝴蝶；也有说梁祝施巧计脱身，隐居当地，教书为生，死后百姓为他们筑墓建庙。

有些传说还在前面交代梁祝身世，是天上金童玉女下凡。这类传说多出现在明清之后。

第二类是清官传说，说梁山伯访祝家庄，婚姻受阻，养病在家，时逢朝廷下诏举孝廉，梁山伯被举荐为鄞县县令。上任后整治县城社会秩序，惩治地痞恶霸；开官仓救济受灾百姓；开展农业耕种，帮助治灭稻作病虫害；兴修水利，治理水患，最终积劳成疾，殉职在姚江边九龙墟，嘱侍从就地安葬，以示死守大堤之志。当地百姓感念其恩德，建庙祭祀，举行庙会。还有梁县令死后托梦显灵平乱御敌的传说，这类多数是从民间信仰的意念编传的，而且至少在东晋末已经产生。梁山伯庙初建于397年，民间纷传"旱涝疫疠，商旅不测，祷之辄应"。宁波是江南水乡，古时洪涝灾害频繁；宁波又是商贸之城，经商者众多，生意场盈亏无常。故把民间相关祈求的俗信也依附于梁山伯身上。

因此，宁波的梁祝传说以"爱情"和"清官"两大特色构成，而人物以梁山伯为主，明显区别于其他地区以祝英台为主的特征。这可能与梁山伯当过鄞县县令有直接关系。

宁波的梁祝传说，还有与当地的风俗习惯相结合的类型，如梁祝阴配的传说,男女生前未结婚,死后择偶相配合葬。小孩上学吃蛋习俗的传说也依附在梁山伯上学的传说中。结发夫妻传说,是由俗语引出的梁祝故事。宁波有历史悠久的梁祝遗迹,故又有《蝴蝶碑的传说》、《梁山伯庙的传说》、《马文才脸为什么会红》等传说故事。

2. 绍兴上虞的梁祝传说

绍兴城历史上是会稽郡守所在地,以会稽山而得名。上虞紧邻绍兴城,今仍属绍兴市,又毗邻宁波。东晋时,宁波地区包括舟山、台州同属会稽郡。因此,最早记载的梁祝传说,称梁山伯是会稽人,当是指大范围的,没有具体的地方。后来有些传说称梁山伯是诸暨人、山阴人,家在绍兴县、鄮城、鄞县、"余姚江附近",等等,这些地方全在晋代会稽郡范围内。只有祝英台故里在最早记载里较具体而明确地写明"上虞祝氏女"。当然也有称是鄮山祝家渡人、慈溪祝家村人、鄞县西门外祝家村人等。虽然这些均实有其地,但在没有绝对可靠的证据的情况下,仍以目前发现最早记载中的上虞祝家庄为先。

富有上虞地方特色的梁祝传说,内容以祝英台为中心。首先,这个传说是以祝英台"伪为男装游学"而引起的,继而引出了梁祝三载同窗、十八相送、楼台相会及抗婚逼嫁的故事。上虞的梁祝传说更多地注重在"祝家庄"地域背景下展开丰富的故事。如说祝家富贵豪门,祝英台聪明伶俐,才貌双全,一心想外出求学,"得贤士事"。见父亲反对,就假扮占卦先生游说,征得祝父同意。英台外出求学引起嫂子的嫉妒,因而在公公面前百般挑拨,说英台外出是为了找情郎,读上三年书,外孙抱回来。因而故事又延伸出许多异文,如《牡丹为记》、《红绫为证》、《一只绣花鞋》,还有《月月红》、《映山红》之类关于赌誓的故事,以证明祝英台的清白。

上虞的梁祝传说还有楼台相会梁祝互诉衷情、马家遣媒订婚、祝父欺贫爱富、祝英台抗婚被逼出嫁等故事情节。总之,上虞的梁祝传说主体是祝英台,但本地流传的传说被记录下来的数量不多,可能因为"三纲五常"封建思想的长期统治,当地人对女子外出求学,不遵从父母之命、媒妁之言而私定终身的叛逆行为不能宽容,影响了普遍的传播。而在宁波、杭州等邻近地区却传得十分广泛,并且以歌谣、曲艺、戏曲等艺术形式大胆地展开想象的翅膀,产生了大量丰富的故事情节,将梁祝故事演绎得多姿多彩,成为大众喜闻乐见的民间传说。上虞所在的绍兴地区也有梁山伯的传说,主要是增加了梁山伯身世、籍贯的内容。最早的记载中说梁山伯是"会稽人",绍兴是东晋会稽郡的府城,许多人因此

梁祝传说古籍中的插图

认为梁山伯就是绍兴人,因而多了些梁山伯的故事。

3. 杭州的梁祝传说

杭州的梁祝传说主体内容以三载同窗和十八相送为中心,这也是由故事情节的发生地决定的。梁祝读书地的最早记载见于北宋大观年间李茂诚《义忠王庙记》中的"尝从名师过钱塘",因而浙江的梁祝传说以及全国大多数的梁祝文艺作品都说梁祝读书在杭城。古代交通不便,除进京赶考外,一般学子皆就近入学。杭州历史上是浙江书院的发祥地,杭、绍、甬又相对距离较近,是浙江学子最理想的求学地,因此梁祝读书在杭城是比较合理的说法。

梁祝同窗读书

杭州的梁祝传说,是梁祝爱情从发展到巩固的重要阶段,民间更把"同窗"演绎成"同房"、"同床",使传奇色彩更加浓郁。围绕同窗读书,引发众多同学包括梁山伯猜疑祝英台是女子,因而使出各种花样来试探祝英台。如"挑水"、"投石击鸟",甚至欲强行验身等。而祝英台如何智斗众同学,尤其是要瞒过同房同床的梁山伯,并要面对"同床"的困惑和难堪,由此衍生出一些有趣的故事情节,如"师母巧编竹墙";祝英台"杯水为界",踢翻要罚笔墨纸;还有"纸糊帐"、"置汗巾"等。梁祝三载同窗,使祝英台更加爱慕梁山伯,而梁山伯虽不知英台为女子,但也视英台为知己,这为梁山伯知道真相后与祝英台倾心相爱奠定了坚实的感情基础。

十八相送的传说情节,多出自英台返乡途中,因此杭州的梁祝传说在送别上更多地借景抒情,如双照井、观音堂、鸳鸯池、河中鹅、草桥门等。祝英台千方百计妙语暗喻,但终于不能使梁山伯开启情感之门。这些精彩生动的描述,为故事情节的发展做了极好的铺垫。因此杭州的三载同窗和十八相送的情节最适合民间传说展开想象的翅膀,也是梁祝传说最丰富、最生动的部分。这样,在杭州以外的地区,民间艺人后来又为十八相送的情节创作了大量奇异的传说故事。

4.浙江其他地区的梁祝传说

在浙江,可以说每一地区都有梁祝传说,虽然数量比不上宁波、上虞、杭州三地，但也自成特色。其中毗邻宁波的舟山就有完整的梁祝传说，金华、丽水、台州、嘉兴、湖州和衢州多为片段的梁祝传说，如兰溪的《英台月夜联佳句》、常山的《和尚踢煞报晓鸡》、嘉兴的《英台化蚕》、景宁的《马文才变公猪》，等等，流传的是该地区自创的具有地域特色的梁祝传说，这也是民间传说地域变异的正常规律。

浙江的梁祝传说不仅数量众多，而且具有连贯性和互补性的特点。一是梁祝的完整故事数量在全国最多，包括从梁祝出世到合葬化蝶的整个过程。二是片段情节传说多，有梁祝出世的、求学的、姑嫂打赌的、同窗读书的、梁山伯做清官的，还有古迹的、风俗的传说。三

梁祝传说古籍封面和插图

是宁波、上虞、杭州三地为梁祝传说的发源地，传说情节互补，将梁祝求学、相爱、殉情演绎得精彩纷呈，珠联璧合，且少有自相矛盾之处。

正因为浙江梁祝传说的完整性、多样性，所以，国务院2006年公布首批国家级非物质文化遗产名录时，在"梁祝传说"项目下，申报地区排序将浙江省宁波市、上虞市、杭州市列于前三位，这是十分科学合理的，也充分表明了浙江作为梁祝传说的发源地，传说历史悠久、丰富多样的特征。

[贰]浙江梁祝传说故事选

彩蝶双飞

古时候，有一个姑娘叫祝英台。她生得聪明又美丽，不但会绣花剪凤，还喜欢写字读书。她长到十五六岁了，就一心想到外地的学馆里去读书。

可是，那时候是不让女孩子外出读书的。怎么办呢？英台和丫鬟商量出一个好主意：假扮成男孩子的模样去求学。于是祝英台打扮成一个公子模样，丫鬟打扮成书童，两人互相看了看，还挺像的，不禁高兴地笑了起来。

祝英台的父亲正在厅堂里喝茶，忽然看见一个书童领着一位公子进来向他行礼，慌忙起身答礼让坐，还请问公子尊姓大名。祝英台一看连父亲也瞒过了，别提多高兴了，于是卸装露出真相。父亲大为惊讶，嗔怪女儿调皮没有规矩。祝英台趁机向父亲说了要外出求学的想法。父亲说："自古以来哪有女子外出求学的？即使是假扮成男的，在外生活也有许多不方便。"可是祝英台坚决要去，父亲拗不过她，只好同意了。

祝英台假扮成男子，样子十分英俊潇洒，丫鬟扮作书童挑着书箱，离开家求学去了。她们走了一程，觉着热了，就来到路旁小亭子里休息。这时，路上走来一个书生和一个书童，也到亭子里来歇脚。他们互相问候，祝英台才知道这位书生叫梁山伯，也是到学馆求学的。祝英台和梁山伯谈得十分投机，两人在亭子里就结拜成兄弟，梁山伯比祝英台大两岁，于是祝英台称梁山伯为兄，梁山伯称祝英台为弟，随后高高兴兴一同上路了。

祝英台和梁山伯来到学馆，拜见了老师。老师见到这两位聪明英俊的少年来求学，很是高兴。

老师把他俩安排在同一张课桌上学习。梁山伯对祝英台像对自己的亲弟弟一样，十分关心爱护，两个人从早到晚在一起，成了最要好的朋友。

祝英台和梁山伯同住一个房间。祝英台为了不让梁山伯发现她是女的，就把两个书箱隔在两人的床位中间，书箱上还放上满满一盆水。她叫梁山伯睡觉时要老实，要是乱滚乱动，把盆里的水弄洒了，她可要告诉老师重重地罚他。所以梁山伯总是规规矩矩，从不乱动，一

梁祝传说绘画

直没有发现祝英台是个女孩子。

可是祝英台女扮男装的事,早被细心的师娘看出来了。师娘把祝英台叫到跟前,说破了真相。祝英台要求师娘保守秘密,师娘答应了,并对这个聪明的女孩子更加细心关照。祝英台有什么难处和心事,也都对师娘讲。

时间一晃三年。一天,祝英台接到家信,说她的父亲病了,要她赶紧回去。祝英台向老师请了假,又来找师娘,说她和梁山伯同学三年,梁山伯为人诚恳热情,学习勤奋,她已经深深地爱上了他。她把一个玉扇坠儿交给师娘,托师娘做媒,等她走后,为她向梁山伯提亲。

祝英台起程回家的时候,梁山伯一定要亲自送她。二人一路上相依相随,总是不愿意分手。祝英台要向梁山伯表露自己的爱情,又不便直说,只好打着许多比方来启发梁山伯。

他们看到河里有一对鹅,祝英台就唱道:"前面来到一条河,河里游着一对鹅。公鹅就在前面游,母鹅后面叫哥哥。"

老实厚道的梁山伯没有听懂她的意思,

继续往前走。祝英台又唱了好几首比喻男女爱情的歌,梁山伯还是没有明白。祝英台开玩笑说:"你真是一只呆头鹅!"

祝英台又指着池塘里的一对鸳鸯唱道:"青青荷叶清水塘,鸳鸯成对又成双。英台若是红妆女,梁兄啊,你愿不愿意配鸳鸯?"

梁山伯叹了一口气说:"可惜你不是红妆女啊!"

祝英台见梁山伯还是不明白,便说:"我家有个九妹,我和她是双胞胎,长得和我一模一样,我愿做媒,让九妹和你结为夫妻,你愿意吗?"梁山伯本来很爱祝英台的才貌,一听说九妹和她生得一模一样,就高兴地答应了。

十八里相送,来到江边,二人恋恋不舍地分手了。临别的时候,祝英台和梁山伯约定在七月七日到祝家相亲。梁山伯远远望着江对岸祝英台的身影越来越远,渐渐地看不见了。

祝英台回到家里,父亲的病早就好了,他让祝英台换成女孩子的装束,不让她再外出读书了。这时恰巧有一家姓马的大财主来求亲,父亲就把祝英台许配给了马家的儿子。祝英台坚决不答应这门亲事,她对父亲说她已爱上了梁山伯,并且托了师娘做媒。可是父亲反对说:"从来儿女的婚姻都是由父母做主的,女孩子自己在外面找男人,像什么话!"硬要祝英台嫁给马家。

自从那天梁山伯送别祝英台后,回到学馆,继续用心读书,竟把七月七日去祝家提亲的事忘得一干二净。直到师娘拿着玉扇坠儿来说明祝英台托她提亲的事，梁山伯才恍然大悟，知道了祝英台原来是个女的，她说的九妹就是她自己啊！梁山伯立刻向老师请了假，赶到祝家去和祝英台会面。

梁山伯来到英台家里，看见祝英台完全恢复了女子打扮，显得更加美丽可爱。他说出师娘为他们提亲的事，哪知祝英台一听这话就大哭起来，她说："梁兄啊，你为什么这么晚才来呀？我父亲已经硬逼着把我许配给马家了！"梁山伯一听，又是吃惊，又是难过，心都碎了。两人就抱头痛哭起来，他们互相发誓，无论谁也不能破坏他们之间深厚的爱情，两个人要永远在一起。他们的哭声被祝英台的父亲听见了，祝员外怒气冲冲地跑上楼来，把梁山伯赶出家门，将祝英台严加看管起来。

梁山伯回到家里，伤心极了，他想念祝英台，饭也吃不下，觉也睡不着，就病倒了，病情越来越重，不久就死了。临死之前，他告诉家里的人，他死后要把他埋在从祝家通往马家的路边。

马家迎亲的日子到了，花轿抬到祝家门口，吹吹打打好不热闹。可是祝英台却哭哭啼啼，怎么也不愿意上轿。在她父亲的命令之下，许多人推推拉拉，硬把祝英台推进轿子抬走了。

花轿抬到半路上，忽然来了一阵大风，吹得抬轿人走不动了。这时丫鬟告诉祝英台，前面就是梁山伯的坟墓。祝英台不顾别人的阻拦，走出轿来，一定要到梁山伯的墓前去祭奠。

祝英台来到梁山伯墓前，放声大哭，痛不欲生，扑到坟上。霎时间，电闪雷鸣，风雨大作，坟墓忽然裂开一条大缝，祝英台喊着梁山伯的名字，一下子就跳进坟里去了。

一会儿，雨停了，云开了，天空出现了一道彩虹。只见一对美丽的蝴蝶从坟头上飞起来，绕着坟头翩翩起舞。人们都说，这对蝴蝶就是梁山伯和祝英台变的。至今人们还把这种黑花纹、翠绿斑点、尾翼上有两根长长飘带的大蛱蝶叫做"梁山伯祝英台"呢。

马萧萧搜集　周静书整理

（流传于浙江宁波及我国其他地区）

梁山伯祝英台蝴蝶。上为祝英台，下为梁山伯

梁山伯与祝英台

古时候会稽郡梁家村有个人叫梁光汉，为人忠厚老实，略通诗书，这一年他喜得贵子，给新出世的儿子取名山伯，字处仁。

老年得子，爱如珍宝。梁家虽不富有，也能温饱度日，梁光汉平日勤俭持家，粗食布衣，怡然自得。

转眼间,梁山伯已有四岁了。

梁山伯原是天上的金童下凡,不比平常儿童,稍一调教,就过目不忘,出口成章,于是村里人都叫他"梁神童"。

一年年过去,梁山伯读了许多书,心中有什么疑问,总要打破砂锅问到底,梁光汉有时也被他问得目瞪口呆,一时答不上来。村里有点名声的读书人,梁山伯常登门求教,同他们谈文论典,谈起来滔滔不绝,好像山里的流水流个不停。后来,村里的读书人都不是他的对手了。

梁光汉关心孩子的前程,听人说钱塘县有位先生学问渊博,正在坐馆授徒,梁光汉望子成龙心切,跟老伴商量好了,决定让山伯去钱塘游学。这年,梁山伯刚好十六岁。

梁兴是梁家的老管家,梁山伯这次到钱塘求学,梁光汉不放心,叫上梁兴伴送。

从会稽到钱塘,要翻过几座山,渡过几条江,一路上饱览山水胜景,主仆二人谈谈说说,也不寂寞。

一日,忽然天气变了,眼看要落大雨啦!

这时,梁山伯瞧见前面大路旁边有一个六角亭,他对梁兴说:"快走吧,前面不是有个躲雨的亭子吗?"

当他们一脚踏进六角亭的时候,梁山伯才发现亭子里已有一个年轻的书生带着一个小书童在躲雨。

梁山伯和这位书生的目光一接触，彼此都怔了一下。

梁山伯问："仁兄，贵姓？"

那人回答道："鄙姓祝。"

山伯又问："请问大名？"

那人忙道："名英台，草字信斋。"

那年轻书生像个小姑娘，问一句，答一句，羞得脸也红了。倒是他身边的小书童不怕陌生，谈锋蛮健，说是上虞祝家庄的人，到钱塘去读书。

"那巧极了！"梁山伯高兴得跳了起来，"我也是到钱塘去读书的呀！我们可以结伴同往，大家也有个照顾。"

这一来，梁山伯与祝英台说说笑笑，像是久别重逢的知心朋友。

此时，雨过云散，梁山伯一行四人继续赶路，有船乘船，无船步行，足足走了五天光景才到达永兴县（今杭州市萧山区），再乘船渡过江，便到了钱塘（今杭州）。

永兴县的大江边有一座桃源庙，庙里塑着三尊神像，梁山伯和祝英台打从这庙前走过，进去休息。

梁兴指着庙里的神像说："这是什么神？"梁山伯说："这是三国时的刘、关、张啊。"

于是梁山伯向大家讲述了桃园结义的故事。

梁山伯讲完这个故事，提出要和祝英台结拜兄弟。祝英台想到自己远离家乡异地求学，有个知心朋友彼此照顾岂非美事？两人就在桃园庙里对神发誓："今日会稽梁山伯与上虞祝英台结拜为兄弟，有难同当，有福共享，天长地久，永不变心！"

论年纪，祝英台比梁山伯小一点，祝英台叫山伯梁大哥，梁山伯称英台祝贤弟。

钱塘县里的王夫子，贤良方正出身，做过几任地方官，看不惯官场的一套虚假作风，情愿弃了官，告老还乡，就在钱塘县里开馆授徒。

梁兴伴送梁山伯到钱塘县，便回会稽梁家村去了。祝家的小书童留在书馆里陪伴他们，生活上的杂务都由小书童担任。

梁山伯和祝英台同桌读书，形影不离，山伯处处以一个兄长身份看待这位"兄弟"。功课方面，祝英台不懂的地方，或有什么疑问，梁山伯总是多方开导，详细解释，直到祝英台懂了为止。

梁山伯一举一动，斯斯文文，像个老学究，说话学着读书的样子，摇头摆脑，常常引得小书童在一旁暗暗发笑。小书童趁梁山伯不在身边，学着他说话的神气，祝英台看到，语重心长地说："梁大哥呀，他真是世上第一诚实君子！"

学馆里的规矩，初一、月半是休馆的日子。同窗学友结伴探亲访友，各随所愿。每逢休馆的日子，梁山伯和祝英台带着小书童也去游山玩水。面对着如画的山林胜景，两个年轻人的友情与日俱增。一个爱说笑话的学友当面打趣他们是一对假夫妻。祝英台涨红了脸，默默不语。梁山伯却把脸板起，十分气恼地说："岂可侮辱斯文！岂可侮辱斯文！"

王夫子教书非常认真，梁山伯本来天资聪敏，王夫子又这样循循善诱，遂使他学问猛进。

第二年，王夫子以《春秋》、《楚辞》作教材传授学子，年终的作文成绩，梁山伯第一，祝英台第二，王夫子将他们两人当做得意门生，另眼相看。

时光过得真快，转眼之间，已过了三年。一天，上虞县驰来了一匹快马，是祝家庄祝员外差来的家人，传话说："祝老太太突然病倒，正在危急之中，要祝英台立即动身回家。"

这真是晴天一声霹雳，梁山伯怔住了！祝英台含泪整理行装，小书童慌了手脚，忙作一团。

英台心里明白，她到钱塘求学老员外本来就不赞成，经她苦苦哀求才勉强答应的。这次回家，绝无可能再来钱塘与梁大哥同学之理。她一面为学业半途而废暗自叹惜，一面却巴望着梁山伯能学成回乡，做出一番惊天动地的事业来。

动身的时候，山伯送英台，一直送到十里长亭。一路上两人默默无语，山伯的一颗心七上八下，安静不下来。英台呢，心像乱麻一样，不知从何理起。眼见三年来形影相随的好朋友，今日一别，相会何日？心头的苦闷，真不好受。

祝家的来人等得不耐烦了，催英台快走。

"祝贤弟呀，送君千里，总有一别。但愿老伯母早日恢复健康，贤弟也请多多保重身体！"

英台难过得掉下了眼泪，低声说道："梁大哥，等你学成之后，请到我家来一次，小弟还有许多话要对大哥说呢！"

山伯连连点头，安慰她说："愚兄一定来！愚兄一定来！"

祝家的人走远了，山伯还痴痴地望着英台的背影，英台回头望见山伯还没回去，又提高嗓子喊道：

"梁大哥，你一定要来啊！"

再说，王夫子爱才如命，热心培养后辈学子，他将平生读书心得全部传授给了梁山伯。

过了两年，王夫子认为梁山伯已学会了经世治国的本领，上知天文，下知地理，六艺精通，博学多才，便叫他回家待命，好为国家出力。

梁山伯回到会稽，一心记挂着上虞县里的祝贤弟，就禀明父母，要到上虞去访问同窗好友。

上虞县的祝家庄是个大村，庄里称得上员外的人家也有十来家。梁山伯不知道哪一家是祝英台的家，说要找一个祝英台的书生，大家都摇摇头，不认识。

从早晨到中午，从东门到西门，姓祝的人家虽多，问来问去，总寻不到祝英台的家。

后来，问到一个白胡子老公公，领着梁山伯来到祝员外家。通报进去，说是会稽郡的梁山伯来访问同学。不久，里面传话出来，请梁相公在客堂相会。

梁山伯先拜见祝员外，口称"老伯父大人"，毕恭毕敬，进退有礼。祝员外见梁山伯青衣襦巾，料是贫寒的读书人家子弟，客套地敷衍几句，推托有事不能奉陪，一面对家里的小丫头吩咐道："银环，你陪梁相公到堂楼上，请小姐出来相见。"梁山伯仔细一看，那个叫银环的小丫头就是钱塘伴读的小书童。没多一会儿，见银环扶着一位花容月颜的小姐出来。

"祝贤……"梁山伯刚要喊出一个"弟"字，又缩了回去。他想，怎么好端端的祝英台变成了个娇滴滴的小姐了呀？

当银环说出主仆二人女扮男装到钱塘求学的曲折经历时，梁山伯才如梦方醒：原来日夜想念着的祝贤弟是个祝贤妹！

这次相见，双方私定了终身。梁山伯巴不得早日唤人来祝家说亲，也无心在此久留，匆匆回到会稽郡，对父母禀明原委，请人到上虞县去说亲。梁光汉听如此说，十分欢喜，请出一位德高望重的方老先生，讨一只乌篷船专程到祝家庄做媒去了。

祝员外是个势利鬼,他早看中鄮城廊头的马家,说是门当户对,不愿把女儿嫁给穷书生;一面却假意殷勤,对梁山伯夸赞了几句,然后叹了一口气:"真不巧,小女已于上月许给鄮城廊头的马家了。要是早来几天……"

方老先生乘着原船回来向梁家回复,梁山伯听了,伤心得晕了过去,接着就病倒了,三个月不能起床。

他时刻忘不了祝英台,他相信祝英台也不会忘记他。

晋简文帝登位那年,下了一道圣旨给各郡。每一郡里选出一位博学多才的青年学子,中选的称为"贤良方正"。经钱塘王夫子推荐,会稽郡选中了梁家村的梁处仁担任鄞县县令,于是梁山伯带着家丁前去上任。

鄞县自古至今是个重要的通商口岸,可惜因前任县令是个酒糊涂,三杯下肚,万事全休。不管天有多高、地有多厚,公事马马虎虎,经济上一笔糊涂账,把县政搞得七零八落,民生凋敝。

梁山伯来到鄞县,整顿县政,查出卸任县令的几件贪赃枉法、草菅人命的大案,将有关的人撤职查办。提拔几个正直守法的官佐,使得衙门里正气上升,邪风扫光。

老百姓舒了一口气,安居乐业,颂声盈道。

梁县令把全部精力都放到县政上去,这样本来就单薄的身体更显得瘦弱了。他终于病倒了,病势一天天加重。这年八月十六大潮汛,三江洪水泛滥，梁县令带病巡视姚江，累倒在江边，临终时对侍人说："我死以后，就葬在此九龙墟的江岸上……"

上虞县祝员外家的堂楼上，祝英台天天盼望着梁山伯家里有人来，盼呀盼呀，总不见梁家来人。

祝员外是个刀切豆腐两面光的人物，他一口回绝了梁家的亲事，而在英台面前却闭口不提此事。后来，祝英台听到消息，说梁山伯在鄞县讨了一个有钱人家的小姐当夫人。这是祝员外捏造出来的，祝英台不相信，她认定自己心目中的梁大哥决不是这样的人。

最后，一个不幸的消息传来，说梁山伯积劳成疾而殉职，县城的老百姓在西门外九龙墟的江边上造了个坟，纪念这位替人民办了许多好事的县令。

祝英台相信这消息是千真万确的，她哭得晕了过去。多少个明月之夜，她睡不着。她想，天上的月亮每逢十五那晚都是团团圆圆的，我和梁大哥要团圆，除非相随在黄泉路上了。

祝员外逼着她答应廊头马家的婚事，祝英台坚决反对。员外说："男大当婚，女大当嫁，这是天经地义的。况且这婚姻大事自古以来都是由父母做主的！"

婚期一天天地逼近，祝英台的决心也变得更坚定了。她想，父亲逼着我嫁到马家去，只好到黄泉路上去跟随梁大哥了却夙愿，除此之外，已没有第二条路可走。

出嫁的前一天，祝英台流着眼泪，扑通跪倒在父亲跟前，说："爹呀，你老人家一定要我嫁到马家去，须依我一件事，我才答应。"

祝员外喜出望外，扶起英台说："只要你答应马家的亲事，别说一件，十件、百件，能依的我一定都依。"

祝英台说："爹爹呀，梁山伯与女儿同学三年，情同兄妹，女儿要在出嫁之前先到梁大哥的坟上祭一祭。"

祝员外当初拒绝梁家的亲事，是贪图马家有钱，女儿终身有靠。不想祝英台已心许了梁山伯，差点儿惹出一场大祸，心里也有些后悔。现在，女儿提出要去祭坟，祝员外无奈地说："这事一定依你。"

这天，祝英台内穿洁白的素服，外面套一件大红婚服。她的心正像她那副打扮一样，表面上强露笑容，内心却是悲哀的。

送嫁的人、陪嫁的丫头簇拥着新娘走进船舱，船周围挂满了红绸花，爆竹发出冲天的响声。船老大拔起竹篙子，船离开祝家庄向东驰去。

送嫁船出发的时候，太阳高高地挂在空中。船摇到半路，太阳不见了，乌云从四面八方升上来。再摇一个时辰，忽然刮起了一阵飓风，掀起了一阵巨浪，送嫁船摇一阵退一阵，摇了半天，还停留在原地方。

这是为什么？祝英台心里奇怪，忙问船老大："前面是哪里呀？"

"九龙墟。"老大向前一指。

听说已到九龙墟，祝英台忙叫船老大靠岸。她脱去大红婚服，露出一身洁白的素服，哭哭啼啼地奔向梁山伯的坟墓。祝英台一声声喊着"梁大哥"，放声悲号，拼着力气向坟墓奔去……

轰隆隆一个炸雷，大地动摇，山河崩裂，石碑像刀劈似的分作两半，露出黑黝黝的一道裂口。

"梁大哥呀！"祝英台穿过裂开的石碑，扑进裂口里，陪嫁丫头急忙拉住她的裙子，裙子被拉断了一截，坟墓却立即合拢了。

雨住了，太阳又露了脸，一条七色彩虹挂在天空。那幅拉断的裙片，从陪嫁丫头手中化作一只大蝴蝶，飞舞在梁山伯的坟顶上，坟中又飞出一只大蝴蝶和它追逐双飞，盘旋上下，翩跹起舞。因此人们都说，这对大蝴蝶就是梁山伯和祝英台。祝英台蝴蝶是橘红斑点的花裙子，梁山伯蝴蝶羽翼上有一圈玉色的官腰带，因为他当过县令。

这一奇事传到当朝丞相谢安的耳朵里，有感于上虞同乡祝英台情深义重，他奏请封为"义妇冢"，后晋安帝又敕封梁山伯"义忠王"，立碑建庙供奉颂扬。

据说宁波一带，凡是青年男女两情相悦自愿结为夫妻，却被他人从中作梗，搞得心烦意乱、走投无路的紧要关头，只要双双到梁山伯庙里走一遭，祈求保佑，一定能使他们称心如意。姻缘美满。所以

蝶恋（蝶翅工艺画）

当地有句谚语："若要夫妻同到老,梁山伯庙到一到。"

这句谚语流传了一千六百多年,一直流传到今天。

毛觉人　何戌君搜集　董水整理

（流传于浙江宁波）

祝英台钟情梁山伯

牡丹为记

祝英台想去杭城求学,又恐父亲阻拦,便打扮成一位占卦先生,祝员外竟一点也看不出破绽,便同意女儿去杭城读书。谁知这件事却引起了祝英台嫂子的嫉妒。

祝英台的嫂子也是名门闺秀，论品貌、才学，与祝英台不相上下。现在听说英台要去读书，很不服气，嫉妒之心便油然而生。她笑吟吟地上前对祝员外说："公公，姑娘此去一举双得，实在可喜可贺。"祝员外听了，不解地问："何谓一举双得？""公公，凭姑娘这般聪明伶俐，读上三年书，便是一个女状元，这是一得。""那第二得呢？"祝员外捋着胡子得意地问。嫂子望一望站在一旁的祝英台，用手掩着嘴低声一笑道："公公，恕媳妇直心直肚肠，说出来公公和姑娘不要见怪。姑娘三年杭城归来，祝家门庭还可以抱上一个白白胖胖的外孙皇帝呢！这不是二得嘛！"

英台听罢不觉满脸绯红，又羞又气。嫂子从中作梗使刁，实在欺人。英台杭城求学志坚，她抬头一看，只见搁几上放着一只高脚花瓶，就二话不说，转身来到花园，采了一朵活鲜鲜的牡丹插到了那只花瓶内，对祝员外说："父亲，女儿出外读书，一定洁身自爱。今天以这朵牡丹花向父亲赌咒，如果我在杭城将身破，这花便死在瓶内；如果我在杭城洁白无瑕，此花鲜艳不败。"祝员外听罢，满意得直点头，说："我女儿岂是等闲之辈，为父准你去杭城求学就是，望早去早归，处处保重。"第二天，英台和银心女扮男装，高高兴兴赴杭城读书去了。

祝英台走后，她嫂子经常去看那朵牡丹。说也奇怪，三月半载过去了，牡丹花鲜艳如常。后来，她心生一计，偷偷地把瓶内的水换上了滚烫的开水，以为第二天牡丹花必死无疑。哪知过了几天，那枝牡丹不但没有枯死，还发出阵阵幽香。嫂子惊得目瞪口呆，觉得此事非比寻常，便再也不敢出其他坏主意。整整三年过去了，英台读书归家，那朵牡丹花还活鲜鲜的同原来一样。

水杯为界

英台和银心从上虞出发，穿杏花村，过桃花店，在草桥门遇见了会稽梁山伯。两人一见如故，志同道合，于是义结金兰，以兄弟相称。这天晚上，他们在旅店宿夜，既是兄弟，就同床而眠。山伯因旅途劳顿，脱衣倒头便睡。他一觉醒来，但见英台还坐在一旁看书。山伯催道："贤弟，保重身体要紧，还不快点安寝！"英台说："你睡吧，我不打算睡了。""为什么？"山伯好生奇怪。"梁兄有所不知，我晚上睡觉脾气很怪，一旦入睡，不准任何人碰，如被人碰一下，就会头痛欲裂，所以我还是不睡为妙。"山伯说："贤弟，人怎能不睡觉呢？既然不能碰撞，我小心就是。""梁兄既然这样说，我遵命便是，只是我们中间须放上一杯水作为界线，你看如何？"山伯连声说"好"，并且亲自拿来一杯水放在床铺中间，英台这才和衣躺下。"贤弟，你睡觉为何不脱衣衫？"山伯看了后又不解地问。"梁兄有所不知，我自幼多病，特别怕冷，母亲专门给我做了件衬衫，上有三百颗纽扣，如果颗颗解开，恐怕天明也来不及，所以我每晚都是和衣而睡。"祝英台一本正经地回复梁山伯，梁山伯信以为真。

山伯英台同校读书（木版年画）

从此，祝英台和梁山伯虽然同床共眠，但忠厚老实的梁山伯一点也看不出英台是女儿身。

先生立规

祝英台和梁山伯双双赶到杭城拜见先生。那天，先生端坐在学堂里，只见两人一前一后进门，前面的山伯是左脚先进的门，后边的英台是右脚先进的门，先生看了，心中暗自对英台产生了怀疑。

后来，先生对英台细细观察，又发现了不少破绽。特别是课间休息时，其他学生都一窝蜂地去厕所解手，唯有英台决不肯与众人同去；有好几次，祝英台想去解手，其他同学也跟着去，祝英台虽然憋得满脸通红，却推说不去了。

先生猜中了其中原委，一天，在课堂上宣布说："从今天开始，立一个规矩。学生如要解手，都要轮流进去；一人在内，挂牌示意；谁坏了规矩，重责不饶。"众学生虽然感到莫名其妙，但只得守规行事，只有祝英台用感激的目光默默地看着先生。

赋诗离别

花开花落，光阴似箭。山伯、英台在杭城求学，转眼三个年头过去了。英台一则思念父母，二则女扮男装总有许多不便，征得先生同意之后决定返乡。英台与山伯三年同窗，一旦离别，心中有说不出的离愁别绪，便取出花笺，写了一首诗赠给山伯，诗曰："忆昔当初上杭城，与兄陌路两相逢。来时龙山梅方白，去日娥江花正红。三载兄长随左右，谁知一旦分西东。与君暂且相分袂，未审何时会玉容？"

山伯接过，逐句细品，想起同窗友情，不禁潸然泪下。他也取花笺一张，题诗一首："当日辞亲谒道宗，草桥路遇与君逢。来时莺啭杨枝绿，别后鹃啼泪血红。三载同窗共日夜，一朝芸馆别西东。离情绵绵车难载,怕看柳枝恋春风。"

山伯题诗毕，与英台说："为兄送你一程。"于是两人出了学堂，往官塘大道而来。一路上虽然风和日丽，鸟语花香，但两人无心无绪，依依难舍，走至草桥门，英台不免触景生情，无限感伤，拉住山伯说：

"有道是'送君千里终有别',梁兄请留步。"说着,吟诗一首:"偶逢草桥结义来,百花三度放春苔。唯有玉梅心耐冷,不将春意私自开。"

山伯听了,但觉诗意十分含蓄,又不解其意,也和诗一首:"三年共学两情投,玩月吟风思最幽。今日别离肠欲断,会期准约在来秋。"

英台听得双泪交流:"梁兄,我家有个小妹子,年方十六,今日我亲口许配与你,约你在三七二八月前来我家说亲,望梁兄切莫来迟。"英台说完,便和梁山伯挥泪作别。

敕封"义妇冢"

再说梁山伯回学堂后,有一天将两人所作之诗拿给先生请他指教,先生一看祝英台的诗暗露挚爱真情,就将察觉出英台是女儿身的情况和诗的含意讲解给梁山伯听。经先生指点,梁山伯才恍然大悟。学业完成后,梁山伯兴冲冲地赶往上虞祝家庄,谁知英台已由父母做主许配给了马家。山伯悔恨交加,回家后茶不思来饭不想。后来被人举荐,出任鄞县县令。由于刻骨相思,一年后便染病身亡。

一次英台乘船外出,来至鄞县地界。突然,平静的河水波浪滔天,航船颠簸欲沉。英台只好带着银心上岸,但见江边立着一块墓碑,上写"会稽梁山伯之墓"。英台一看泪如泉涌,但见她双膝跪地,号啕大哭,直哭得天旋地转,飞沙走石,霎时间大雨倾盆,雷电交加,骤然一声巨响,天崩地裂,只见山伯坟墓开裂,英台见了,大喊一声:

梁祝化蝶（木版年画）

"梁兄，英台来了！"一跃跳进了裂口。转瞬间雨过天晴，一道彩虹下有一对硕大无比的彩蝶在山伯墓前翩翩起舞。银心仔细一看，那蝴蝶的花纹分明是英台的罗裙，便拜倒在地，周围百姓也惊讶万分。当时上虞名人谢安正身居丞相要职，他把家乡的这件事启奏皇上，皇上也深感钦佩，于是当场提笔敕封"义妇冢"。

陈秋强　搜集整理

（流传于浙江上虞）

焦骨牡丹女儿心

从前，上虞祝家庄有位员外，虽有房屋田产，不愁吃穿，可是到了四十岁还没有一男半女。祝员外夫妇心想"不孝有三，无后为大"，便将娘家侄儿过继为子，并替他讨了一房媳妇。谁知招子娶媳之后，祝夫人却生下一女，取名英台。这祝英台从小聪明伶俐，爱读诗文，到了十五六岁，越发美艳动人。她见同村的男孩子都外出求学，也日夜与父母纠缠，要上杭城去求学。祝员外夫妇虽然宠爱女儿，但因为她是个女孩子，去杭城求学如何放心得下，便劝她说："儿啊，不是做父母的不让你去读书，因为你是一个女孩儿，如何能单独外出？何况书院又不收女学生。"英台觉得爹妈说的话有理，但总不甘心。一天，祝英台想出了一个好主意，她暗暗地女扮男装，冒充祝家的远房亲戚敲门求见。祝员外夫妇一时没有认出是自己女儿，受骗上当了，逗得二老连眼泪都笑了出来，经不住祝英台再三央求，只好应允她女扮男装，去杭城求学。

上路的前一天，做爹的忙着为女儿准备四书五经、文房四宝，做妈的忙着为女儿准备四季衣衫、替换鞋袜，做哥哥的忙着为小妹准备路上要吃的点心。只有那尖嘴嫂嫂心里着实不快。她原想嫁到祝家，独房独媳好当家，不想祝老员外夫妇又添了一女，因此，早已把祝英台视为眼中钉，背后风言风语："哼！男大当婚，女大当嫁。她哪里是去求学读书啊，分明是到杭城去找野男人！"又说："哼，一个女孩儿到杭城去,孤身一人,天天与男人混在一起,不出事才怪呢!"

祝英台听在耳里,记在心里。她对二老和嫂嫂说:"请爹妈和嫂嫂放心,院中栽着女儿的牡丹花。如果那牡丹越来越鲜艳,说明女儿在外洁白无瑕;如果那牡丹枯萎凋谢,那就是说女儿在外做出对不起父母之事。到时候,爹妈就算没有我这个败家的女儿,嫂嫂就算没有我这个坏了你名声的小姑好了。"

祝英台到杭城求学去了。祝员外夫妇天天到院中看看女儿栽种的牡丹,不时松松土、浇浇水。只有那尖嘴嫂嫂,每天路过院中,就狠狠地撕一把牡丹的叶子,折断几根牡丹的枝条,希望它早早枯萎凋谢。说也奇怪,这株牡丹非但不枯萎凋谢,反而越长越茂盛,第一年谷雨后就开出一朵又红又大的牡丹花。

祝英台的爹妈看了大红牡丹,喜在心头,见牡丹如见女儿,暗暗地为远在杭城求学的女儿祈求平安,心头一乐,给牡丹浇水培土也更加细心了。只有那尖嘴嫂嫂看了大红牡丹心中又气又恼,暗暗地咒骂祝英台,偷偷地将一壶壶烧得滚烫的开水浇在牡丹花上,要烫死牡丹。说也奇怪,这株牡丹不但没给烫死,反而越长越旺,第二年谷雨过后又开出一朵又红又大的牡丹花。

祝英台的爹妈看了大红牡丹,喜在心头,见牡丹如见女儿,暗暗为她祈求幸福,培育牡丹更加精心了。那尖嘴嫂嫂心里越来越恨,暗暗咒骂祝英台。她趁公公婆婆不在家时,恶狠狠地把那棵牡丹连根拔起，放在炭火上烤炙，再把烧焦了的牡丹枝条重新插入土里，还得意扬扬地说："哐，看你这烧焦了的牡丹再发芽开花！"

说也奇怪，到了第三年，这棵被烧焦了的牡丹真的又重新生根发芽了，而且一棵变成两棵，长得枝条更粗壮，叶片更肥大，开出了两朵又红又大的牡丹花。

这时候，祝英台在杭城三年求学期满，兴高采烈地回乡来了。她指着院中的牡丹花说："爹、妈，你们看，牡丹越开越鲜艳，孩儿没有辜负二老的一片心意吧？"回头又对嫂嫂说："嫂嫂，牡丹越开越鲜艳，我没有做出对不起你嫂嫂的事呀！"

那尖嘴嫂嫂千方百计想弄死牡丹的阴谋诡计——失败了，心中又气又恨。当她听了祝英台的一番话后，羞得面红耳赤，抬不起头来。后来，她临死前还咬牙切齿地说："我生前弄不死你，死后也要与你作对。"所以，她死后变成一条尖嘴钻心虫，专门钻牡丹花蕊。

然而，她碰到烧焦了的焦骨牡丹，不但钻不进，反而越钻越死。你说怪不怪？

来金贤口述　莫高搜集整理

（流传于浙江杭州）

双照井

梁山伯与祝英台一同在杭城紫阳书院读书三年。山伯生来忠厚老实，虽然与英台同桌共读、同房共眠，三年来情同手足，形影不离，但是一点没有察觉出英台是个女儿身，因此博得英台的深情挚爱，但她又不敢向山伯当面表白自己的心意。

这年阳春三月，英台收到家书，催她回转家乡。两人离别，依依不舍。山伯送祝英台到十里长亭。告别时，英台心想，这是一个表白自己心意的好机会。于是，她看见牡丹就把自己比做红牡丹，把山伯比做衬托牡丹的绿叶；看见鸳鸯，就把自己比做雌鸳鸯，把山伯比做雄鸳鸯；看见土地庙，就把自己比做土地婆婆，把梁山伯比做土地公公，要在土地庙里拜堂。处处暗示山伯自己是个女儿身，表示要与山伯结成百年之好。谁知山伯生性厚道憨直，一心读书求学，不仅不理解英台的各种暗喻，反而责怪她太儿女痴情，胡言乱语。

山伯送英台，不觉来到草桥门外的一口古井旁。英台已走得身疲力倦，便在井旁石凳上坐下，对山伯说："梁兄，小弟走不动了，请在此小憩片刻。"

山伯说："好。"也坐在一旁。

英台望着古井，触景生情，想起三年前两人来杭城求学时，也曾路过此地，在井旁休息时同饮过清冽的井水。这时，她感到口渴，取出随身带着的一只碗，到井栏旁想舀水解渴。谁知到井边一看，井水已经干枯，英台感到十分惋惜，唉地叹了口气，右脚一蹬，说也奇怪，只听得古井内哗哗地响起了流水声，一下子清清的井水便涨到井栏啦。

英台高兴地舀了一碗清清的井水，喝了一口，觉得清冽甘甜，便请山伯喝，并说道："有如此好水，待我在这里梳洗一番再上路吧！"说着，脱下书生巾帽，解开发髻，披着乌油油的一头长发，临井梳洗起来。

当英台在清清的井水中照见自己年轻美丽的容颜时，不禁又想起自己的心事，便回转身来对山伯说："梁兄，请过来，你看井中是什么？"

山伯以为英台在井中看到什么鱼虾之类，便走了过来，站在英台身旁，探头向井中一望，看不见井中有东西，只见清清的井水明澈如镜，照见英台披着乌油油的长发和一双水灵灵的明眸，含情脉脉地在向他发笑，便说道："井中只有贤弟之影，并无他物。"

英台又唉地叹了一声，说："岂止小弟身影，你且听我吟来：'古井喜逢春，兄弟双照影。一男并一女，和合天配成。'"

山伯一听英台又说出糊涂话，轻轻地责怪她道："唉，你我兄弟都是读书明理之人，你又在胡扯些什么啊！"

英台仍脉脉含情地说道："梁兄有所不知，刚才井中双双照影，使小弟想起三年前在祝家庄河边为梁兄续诗的小妹来了，她长得和小弟相貌一样，因此，触景生情，想想梁兄和我家小妹真是天生的一对、地成的一双哩！"

山伯脸上露出憨笑，答道："哦，原来如此。是啊，刚才我在井中一看,开始也误以为是你家那淘气的洗衣姑娘呢!你们兄妹俩真生得一模一样,年轻美貌。"

英台忙说:"是啊!梁兄如不嫌弃,小弟愿为我家小妹做主,不知梁兄意下如何?"

山伯回答道:"多谢贤弟大媒,这样我们就亲上加亲啦!"

古井作证,英台把自己的终身许配给了山伯,这才放下了一桩心事。不过,她怕这次父母催她回家,要给她另许婚姻,最后又叹了一口气,对山伯说:"既然梁兄愿意,那就请梁兄在一加三、三加一、一二三五再加十一之内,前来我家提亲吧!"山伯当时没有领会,后来误了订婚期,但古井从此留下了美好的传说。

草桥门外的这口古井,因为山伯与英台双双在此照过影,杭城父老就叫它"双照井"。民间传说那清清的井水中常常会隐现出一对青年男女的身影,这就是梁山伯与祝英台。后来,这里建造了一座海潮寺,双照井就成为"海潮八景"之一,海潮寺也因为有了双照井香火更旺。每年正月初三,男男女女、老老少少到海潮寺烧香,都要到双照井照一照。人们说,老年夫妻照一照,会越活越年轻;青年男女照一照,会夫妻和睦,白头到老。因此,杭城民间流传着一句谚语:"若要夫妻同到老,双照井中照一照。"

何采弟讲述　莫高搜集整理

(流传于浙江杭州)

附：浙江梁祝传说基本篇目

题 名	传 承 人	流传地区
金童玉女风月记	毛觉人、何戌君	宁波
梁山伯与祝英台	周静书	宁波鄞州
蝙蝠双飞梁祝魂	俞正财、于海辰	舟山
梁祝情深上天庭	丁一、堇水	绍兴嵊州
尼山姻缘来世成	裘文康	宁波
夫妻恩爱白头吟	孔松年、周静书	宁波
祝英台阴配梁山伯	谢振岳、岳年	宁波鄞州
清官侠女骨同穴	张永听、滕占能	宁波慈溪
大侠与清官	赵景深、白岩	宁波
一只绣花鞋	陈老太、章雅君	宁波
红绢为证	段燕青、奚晓行	宁波象山
梁山伯墓的传说	阮孔才、张晓萍、徐秉令	宁波鄞州
梁圣君庙的传说	余信义、傅红平、庄兆明	宁波鄞州
蝴蝶碑的传说	阮能才、阮孔才、堇水、白岩	宁波
梁山伯吃蛋留风俗	应长裕	宁波、绍兴
蝴蝶不采马兰花	王去志、白石坚、胡永连	宁波
结发夫妻	金官云、葛云高	宁波宁海
开仓分粮济百姓	马传根、童国桢	宁波
梁县令治水	阮孔才、白石坚	宁波
梁县令托梦治虫	阮孔才、阮能才、楼桂法、白岩	宁波
席草计	冯孟颛、郁东明、白岩	宁波
千万阴兵助康王	梅金苗、麻乐照	宁波
托梦助阵退倭寇	翁裕芳、沈志远	宁波
梁山伯指点缸鸭狗	范大贤、楼桂法、白岩	宁波
马文才塑像的传说	楼桂法、白岩	宁波
梁祝终身不娶	戎乐山、滕占能	宁波、绍兴、上虞
祝英台钟情梁山伯	陈秋强	绍兴上虞

（续表）

祝家庄和望梁村的传说	梁爱花、瑞兴	绍兴上虞
三世不团圆	钱杨氏、钱关富	绍兴上虞
蝴蝶仙	魏修延、严金凤	杭州
姑嫂结怨	来金贤、莫高	杭州
焦骨牡丹女儿心	严金慰、严金凤	杭州
英台发誓栽月季	严金慰、严金凤	杭州
死不瞑目	严锦泉、严金凤	杭州
师母巧编竹墙隔梁祝	凌桂泉、严金凤	杭州
纸糊帐	吴国民	杭州
续诗遇山伯	来金贤、莫高	杭州
赌誓或真真亦假	魏修延、严金凤	杭州
英台以诗讥蠢才	陈阿兴、莫高	杭州
双照井	何采弟、莫高	杭州
映山红的传说	何莲芬、江衡	金华东阳
英台月夜联佳句	方品光	金华兰溪
和尚踢煞报晓鸡	徐文	衢州常山
英台化蚕	卢郭氏、卢群	嘉兴
祝英台与牡丹花	池阿工、沈瑞康	嘉兴海宁
一句话气毁姻缘	俞彩兴	浙江
马文才变公猪	柳方时、柳潭	丽水景宁
梁祝还魂团圆记	钱南扬、白岩	浙江
祝英台梦游善卷洞	张子亚、应长裕	浙江、江苏
三生三世苦夫妻	秦寿容、白石坚	浙江、江苏
鸳鸯成双不分离	郑辛生	浙江、江苏
祝英台以身殉情	戚宜君	浙江、台湾
彩蝶双飞	马萧萧、周静书	浙江及其他地区

（上述梁祝传说篇目选自《梁祝文化大观·故事歌谣卷》、《梁祝的传说》、《梁祝故事集》及浙江各地的民间故事集。）

[叁]我国其他地区的梁祝传说

梁祝传说已经流传了一千六百多年，在我国各地区、各民族几乎都有梁祝传说。因为历史年代久远，我们已很难理清这个传说当初流播的途径。但有一点是明确的，这就是梁祝传说除浙江十分丰富外，在浙江周边省份如江苏、福建、台湾、安徽、广西、湖南等流传亦十分兴盛，在北方的河南、山东、河北、四川、甘肃等也有流传。从中可以看出这个传说的基本走向是通过南北两条主线传播的。而在各地传播过程中，梁祝传说的流传又是不平衡的，从最新调查考察的梁祝资料来看，在浙江省外，比较兴盛的是江苏、河南、广西、山东及台湾地区等。其中有些省、自治区不仅梁祝传说丰富，而且关于梁祝的民间歌谣、戏曲、曲艺多姿多彩，这就形成了以浙江为中心，江苏、河南、广西、山东、台湾等地为副中心的梁祝传说圈。

梁祝传说流传到各地、各民族，当地的民众常常将传说与地名、风土人情巧妙地结合起来，因此与梁、祝、马三姓有关的村庄自然成了梁祝的故乡，如梁岗、祝陵、马坡等。最多的是与读书地结合，如曲阜孔庙、红罗山书院、碧藓庵读书处、峄山读书洞等。许多传说不管传说地距山东曲阜有多远，不管传说产生的时间与春秋时期相隔多久，都纷纷将梁祝的老师传为孔夫子。各地还把传说与当地的地名和动植物紧密结合起来，如十八湾、鸳鸯河，又如蚕、孔雀、马郎鱼、映山红。更多的是把传说与当地风土民情联系起来,如三月观蝶节、七月十五送纸灯等。更富传奇色彩的是,全国的梁祝读书处有六处以上,墓有十多处,还有梁祝庙、祠、寺之类的纪念性建筑。对于一个民间传说来说,这是十分罕见的现象,尤其是为一对传说中的情侣建造这么多的墓,可以说是中国甚至世界范围内绝无仅有的文化现象。虽然像江苏宜兴仅有祝英台琴剑之冢,山东济宁只有比传说产生晚五百多年的明代墓记碑,河南汝南至今没有发现历史记述而在官道东西两边筑有梁祝"双墓",安徽舒城、河北河

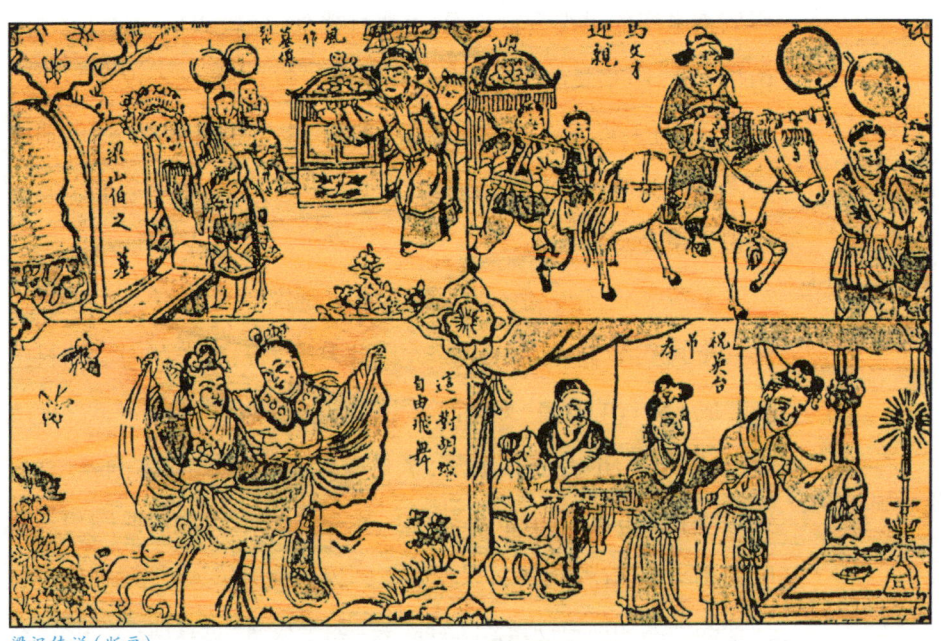

梁祝传说(版画)

间、重庆合川、甘肃清水等梁祝遗迹已荡然无存，仅有古籍记载的墓名而已，但这一切从传说学角度来分析，是像梁祝这样在民间影响力巨大的传说在一千多年的口耳相传过程中不断嬗变、不断繁衍的客观结果。而这么多地区、这么多民族广泛传播并自发建起了这么多的纪念性建筑物，这充分说明了梁祝传说深受大众的喜爱，也生动地反映了这些地方梁祝传说的传播曾经是何等兴盛。正如冯骥才先生在考察宁波梁祝古迹时所说："梁祝在全国各地有这么多读书处、墓，其实真正的墓、读书处只能有一处，因为这个故事实在太美了，梁祝太惹人喜爱了，人们纪念他们、信仰他们，所以才克隆出一大批梁祝的墓和读书院……这是梁祝文化的魅力，一种民族优秀文化的魅力。"

[肆]我国其他地区梁祝传说故事选

梁祝的传说

传说梁山伯和祝英台是我们这里的人，山伯的坟就埋在马家河边上，马家河就是马公子住的地方。

红绫压猪槽

肖川那边有个祝家庄，祝家庄有个祝员外，祝员外有个女儿，名叫祝英台。十四岁那年，祝英台想到南学读书，她嫂子跷声卖簸箕出来了，眼斜斜，嘴撒撒，说："人大心大啦，丢丑卖乖呀！这一出门，只怕是肉包子打狗能去不能回呀！"

祝英台说:"嫂子,大路上走的是贞节女,绣楼上住的是养汉精。我要是清清白白地回来呢?"

嫂子脸一红,知道这一句是回敬她的,就说:"不见黄河不死心,我俩打赌嘛!"

嫂子拿来一丈二尺红绫子,一撕两半,英台六尺,自己六尺,二人对天作揖,祷告说:"两节红绫压在猪槽底下,三年以后,谁做了龌龊事,谁的红绫就被染脏;谁不做龌龊事,谁的红绫就鲜红。"

祝英台女扮男装上学去了。嫂子在家,一天三遍喂猪,一天三遍向祝英台的红绫上泼那臭污水,一心要叫英台的红绫子早日变脏烂掉。

扣子钉了二百多

祝英台打扮成个漂亮的公子上路了。路上遇着了也到南学读书的梁山伯,二人结拜为兄弟。说起来,梁山伯大祝英台几岁,称哥哥;祝英台在家里排行第九,自称九弟。从此两个人形影不离,好得就跟一个人一样。

在学堂里,梁山伯、祝英台同睡一床,祝英台天天晚上睡觉不脱衣裳,梁山伯觉得奇怪,问:"九弟咋穿着衣裳过夜?"英台说:"解不完扣子。"

"谁给你缝这种衣裳,钉这多扣子?"

祝英台笑笑说:"我家一个巧嫂嫂,扣子钉了二百多,一解解到大天亮,一扣扣到太阳落。一脱衣裳,就没工夫读书了。"

英台辞学

古时候都是私学,学堂里挂着孔夫子像,学生娃进进出出都要给孔圣人行礼。师娘常常陪先生在学堂里,她是有心人,看祝英台每次作揖跟别人不一样,男子有劲,作揖时腿是硬邦的;女子体弱,作揖时腿杆是软的。师娘疑心英台是个姑娘。

这天过端午节,学生给先生送节礼;先生答谢学生,按祖上传下的老规矩,也要留学生喝雄黄酒。师娘有意劝英台多喝几杯,英台醉了,师娘扶她上床,脱掉她的鞋子,解了她的裹脚,露出了三寸金莲。英台酒醒后,发现裹脚不是先前自己缠的样儿,吓了一大跳。

那时,男的和女的不能一同走路,更不能对面说话。祝英台想,自己呢,不但在男学堂读书,还和男学生一床同铺,万一张扬出去,哪还有脸见人!第二天,她就向先生请假,要回家看望父母。师娘心里明白,就在先生面前帮她说好话,让她早日动身。

祝英台在南学读书已经三年了,梁山伯听说九弟就要动身回家,赶忙帮她拿行李,二人高高兴兴出了学堂。梁山伯送祝英台,背着包袱走在前面,祝英台走在后面。

他二人边走边说话,路边人家的狗子看见生人,"汪汪汪"叫了起来,祝英台说:"走罢一冈又一冈,路边黄狗'汪汪汪'。前面咬的男子汉,后面咬的女姣莲。"

山伯说:"兄弟发昏了,我俩都是男的,哪有女的?管它冈不冈,汪不汪,只管你早日转回乡。"

他俩走在塘边,英台又说:"上一坡,下一坡,塘里看见一群鹅。前头公鹅嘎嘎叫,后头母鹅叫哥哥。山伯哥,你等着我,等着九弟缠小脚。"

山伯说:"快赶路吧!管它白鹅不白鹅,小脚不小脚,只管我二人出南学。"

他俩走到一个山洼里,祝英台说:"上一个坡,下一个洼,洼里一地好庄稼。高的是苞谷,矮的是棉花,不高不低是芝麻。芝麻地里带西瓜,扯青藤,开黄花,结个瓜,碗口大,黑子红瓤甜沙沙。有心摘个山伯尝,怕你吃到了滋味连根拔!"

梁山伯听不懂祝英台在胡念些什么,只催祝英台赶路。祝英台恨他太木讷了:"过罢一岭又一岭,岭上一座新堆的坟。新坟里头是棺材,棺材里头睡死人。我的山伯哥,你比死人还死十分!"

山伯说:"九弟呀,我俩这么好,你不该骂我。"

他俩到了河边,坐在沙滩上歇脚。祝英台对梁山伯说:"家中有个小妹妹,长相就像我祝九弟,粉白的脸,双眼皮,个子不高也不低,山伯哥哥若要娶,早日上门来说媒。"

梁山伯说:"我与九弟这样好,当然愿意和你对亲戚。等送你走了,回学堂向先生请罢假,早日上门去说媒。"

祝英台听梁山伯答应到她家,心里欢喜,就说:"这太好了!你快去借根竹竿来,探探河里水哪深哪浅,我好过河。"

梁山伯转身走了,祝英台赶忙解了裹脚,三步两步蹚过河去。等梁山伯借了竹竿来,她向梁山伯喊:"谢谢你帮忙,望你早日到我家提亲。"

祝英台回到家里,嫂嫂一见面,又是嘴一撇、眼一斜,说:"姑娘回来了?看看你的红绫子吧!"谁知挪开猪槽,英台的绫子红艳艳、鲜亮亮;她自己的呢,早已烂成黑筋筋了。

英台定亲

梁山伯向先生请了假,离开南学没有回家,独自一人到祝家庄来了。他在祝英台家门口,正好遇着了她嫂子,他问:"你家有个祝九弟吗?""我家只有祝九妹,没有祝九弟。"祝英台在绣楼上听见梁山伯说话,就女扮男装下楼来了。梁山伯一见祝英台,高兴地说:"这不是祝九弟吗?"

嫂子在婆母面前言三道四:"我说姑娘家不能出门,硬是女扮男装去上学堂。这下好了,现世现报,女婿找上门来了。"祝英台的妈不信,悄悄趴在雕花窗上一瞄,肺都气炸了,赶忙去找祝员外,祝员外说:"家丑不可外扬,等那人走了,我自有主张。"

梁山伯刚走,祝员外就喊祝英台到后堂,说:"女儿你已不小了,男大当婚,女大当嫁,我已经将你许配给马秀才了。马家书香门第,有

许婚（民间剪纸）

钱有势，你过去不会受罪。"祝英台说："女儿岁数还小，应该留在父母身边，过几年再找婆家吧。"

祝员外哪会允许呀！他大发脾气："今后再不准女扮男装下楼乱走，要吃要喝，丫鬟送上楼来。若不听话，叫你知道家法的厉害！"

第二天，马家就过礼了。马员外坐着轿子，马秀才骑着高头大马，一路吆吆喝喝走着，好不气派。祝员外一见客厅上摆的满是彩礼，高兴得没法说，当下就给马家定了接亲的日期。

第三天，梁山伯听说祝家有个女儿许配了马家，不知咋回事，便与媒人一起赶到祝家来了。

祝英台已经不敢下楼与山伯说话了,她只在绣楼窗口喊:"山伯哥,你为啥这么晚才来提亲?爹爹已将我许配给马家了。"说着蒙脸哭了起来。梁山伯一看,和他烧香结拜的祝九弟原来是个黄花姑娘,就是祝九妹。他这才明白了,想起她三个年头同床铺不脱衣裳,哭起来了:"九弟呀,早知你是女裙钗,我俩死在南学不回来;早知你是女裙钗,我俩死在南学不回来!"

英台跳坟

梁山伯回到家里,回味着祝英台在路上对他说的那些含含糊糊的影子话,恨自己太笨了,为啥就解不开那些影子话的意思呢?如今只能吃后悔药了。他又气又恨,又恼又怒,一下子病倒在床上。治相思病没有灵丹妙药,不几天就死了。临断气,他交代了一句话:"我的坟要埋在马家河的大路边上,我要见祝英台最后一面。"

祝英台听说梁山伯死了,整天在绣楼上啼哭。马家迎亲的大轿到了门上,她哭得死去活来不上轿,爹妈都来劝,她说:"要我上轿不难,必得依我两条!"

"哪两条?"

"第一,我要给梁山伯戴孝;第二,花轿到了马家河,我要下轿拜坟。"

祝员外不敢做主,就和马秀才商量。马秀才怕祝英台硬是不嫁,要给他丢丑，就勉强答应了。

祝英台头戴白花，脚踩白鞋，穿白衣，套白裙，上了花轿。花轿抬到马家河边，在梁山伯墓前落下，祝英台下轿拜坟。头一拜，天上起乌云；第二拜，地上刮怪风；第三拜，"轰隆隆"一个炸雷，梁山伯坟墓闪开一道宽宽的裂缝，她冷不丁跳进了坟墓。马秀才急忙上前去拽，只拽回一只绣鞋，眼睁睁看着祝英台进了坟，再不出来。

马秀才气哭了。他咋不气呢？马家接，马家抬，马家只落得一只鞋！方圆几十里，名誉难听。当下他就用手扒，他气得不吃饭，不喝水，一个劲地扒，肚子饿了，他就紧紧腰带，扒呀，紧呀，腰带越紧腰越细，头和屁股越来越大，终于晕倒在地上，变成了蚂蚁。至今我们看到的蚂蚁腰还是那么细。

梁祝团圆

梁山伯和祝英台一辈子未成亲，他俩死后又重新投胎，来到阳世。梁山伯姓魏，叫魏奎元；祝英台姓蓝，叫蓝玉莲。两个人在蓝桥上相好，只为父母阻挡，又不能成亲。蓝玉莲脱只绣鞋放在桥边，魏奎元摘下帽子挂在桥上，一男一女双双跳河死了。到第三代，祝英台投胎是玉堂春，梁山伯投胎是王三公子。"苏三爬堂"这天晚上，两个人才算团圆了。

葛朝南讲述　李征康搜集整理

（流传于湖北）

英台姑娘与山伯相公

从前某处山头住着一位又聪明又美丽的姑娘,她的名字叫祝英台。

有一天,她下山去挑水,碰见一个叫山伯的青年书生匆匆忙忙地从那边赶来。她搁下水桶,坐在潭边,高声问道:"山色醉人野花香,山下的相公忙哪样?"山伯相公回答道:"多谢您这位俏姑娘,我忙着去南京考学堂!"英台姑娘又说道:"啊!我弟弟也正想上南京,你们俩正好作对儿行。"那青年相公说:"山前山后冷清清,山上山下没个人影,姑娘啊,原谅我不能久等!"英台姑娘急忙说:"您这位相公真性急,我吐一口口水作凭证,不等它干,我弟弟准和你作对儿行!"

说罢,她就赶快回家去梳头换装,打扮成男人一样,两个人一块儿上南京考学堂去了。

第二年夏天,先生怀疑英台是个女人,就问她:"英台呀英台,你的前胸怎么鼓挺挺?你的喉头怎么光秃秃?"姑娘回答道:"先生呀先生,我的前胸宽才挺,我的喉头细才平。"

隔了几天,先生叫英台跟山伯一起去河里洗澡,她就对山伯相公说:"兄弟我洗上游,阿哥呀,你去下头。待我摘一片草叶儿,漂到你那头,咱俩就回家走。"

过了不久,先生又对她和山伯说:"清凉的芭蕉翡翠叶,咱们采点儿回去当凉席。"布依族传说女人的体温比男人高。英台想,如睡一夜自己的芭蕉叶比山伯干,会引起他们怀疑。于是到晚上,英台姑娘将垫在身下的叶子悄悄拿开了,第二天早起,山伯相公的那片芭蕉叶自然比祝英台那片干得多。

从此,先生才真的相信英台是个男人。

祝家将女儿许给了马家,把英台姑娘叫回家。英台临走留下一封信,放在山伯相公枕头底下。

山伯相公回来见了信,才知道英台是个姑娘,就放声哭起来。先生再三劝他,给了他一匹纸马,叫他骑着去追赶,并对他说:"哪里有水,你就扛它过去。"山伯相公骑着纸马过了四条河,到了第五条河时,山伯相公累极了,要马自己走,纸马遇到水就化掉了,他只好自己走。

路上,碰见一只锦鸡,山伯相公就问道:"锦鸡呀锦鸡,黄昏你睡晚,天亮你起早,你可见英台姑娘过这里?"锦鸡回答说:"黄昏我睡晚,天亮我起早,英台姑娘过了这里,英台姑娘过了这里。"山伯相公就送了它一件花衣裳,从此,锦鸡身上变成花花绿绿的,很美丽。

山伯相公追下去,碰到一只白鹅,他又问道:"白鹅呀白鹅,黄昏你睡晚,天亮你起早,你可见英台姑娘过这里?"白鹅大摇大摆地不去睬他。山伯相公抓住它的头颈把它拉得长长的,从此,白鹅变成了个长脖子。

山伯相公追下去,碰到一只斑鸠,他又问道:"斑鸠鸟呀斑鸠鸟,黄昏你睡晚,天亮你起早,你可见英台姑娘过这桥?"斑鸠鸟说:"黄昏我睡晚,天亮我起早,我整日里东奔西跑,不知道有没有个姑娘过这桥!"山伯相公撒了一把灰在它身上,从此,斑鸠鸟变成了灰色的丑鸟。

山伯相公追下去,碰见了一只鸭子,他又问道:"鸭子呀鸭子,黄昏你睡晚,天亮你起早,你可见英台姑娘过这里?"鸭子忙着下河去,头也不回地嚷着:"我今天清早起,没有见哪家姑娘过这里!"山伯相公上前打过去一拳,把鸭子的嘴捶扁了,从此,鸭子变成了个扁嘴子。

山伯相公追下去,碰见了一只水牛,他又问道:"老牛哥呀老牛哥,黄昏你睡晚,天亮你起早,你可见英台姑娘过这里?"水牛一边嚼草,一边拉屎,很不耐烦地说:"我嘴忙吃,屁股忙拉屎,不管这些事!"山伯相公气得向水牛的角呼呼地吐气,从此,水牛的角带着一圈圈的印记。

山伯相公追下去,碰见了一只老鸦,他又问道:"老鸦呀老鸦,黄昏你睡晚,天亮你起早,你可见英台姑娘过这里?"老鸦说:"黄昏我走天下,白天我游世界,英台姑娘呀,我没有见她。"山伯相公脱下手镯,套住老鸦的脖颈,老鸦颈上弄掉了一圈毛,从此,老鸦的脖颈永远留一圈白色。

山伯相公追下去,碰见一只山羊,他又问道:"山羊呀山羊,黄昏你睡晚,天亮你起早,你可见英台姑娘过这里?"山羊对着他叽叽咕咕地说:"天亮我眼睛黑蒙蒙,看不清人影儿往西还是往东。"山伯相公扳住它的两角,使劲地把它们扭弯了,从此,山羊的角变成了弯角。

山伯相公又追下去,碰见一只孔雀,他问道:"孔雀呀孔雀,黄昏你睡晚,天亮你起早,你可见英台姑娘过这里?"孔雀诚恳地告诉他:"天亮我早醒,白天我忙飞行,我看见英台姑娘过去了,你要追她,得赶紧、赶紧!"山伯相公很感激它,拿自己的绸长衣送给了孔雀,从此,孔雀全身发出了闪闪的光彩,并且有了一条条又长又美丽的羽毛。

山伯相公一口气赶到了前边山头,听见山下村里迎亲的大号"嘟嘟"直响,震动山谷,他一急就急死了。那个寨子里的人,把他安葬在路旁。

英台姑娘回到家里,她家张灯结彩办喜事,马家就去迎亲。这

团圆(民间刺绣)

天新娘的花轿经过村口，忽然平地刮起了狂风，轿子再也不能前进，停在了路边。英台姑娘从轿里望见了山伯相公的坟墓，就下来拿了三杯酒祭灵，她一边哭，一边说："有灵有验墓分开，无灵无验马家抬。"她的话刚说罢，只听见"轰隆"一声，墓穴裂开，英台姑娘纵身跳进墓里。

轿夫们着了慌，拼命去拉，把衣服撕下一条来，没有拉住。又拿锄头去掘墓，只见有两块五色彩石叠在一起。他们把两块彩石丢到河的两岸，两岸长起了两棵蓝竹，竹梢弯过河上，缠在一起。马家的人气得把竹子砍断了，村里的人拿来做成了四弦琴。到现在人们还传说着山伯相公造琴的故事。

倪大白搜集整理

（流传于贵州罗甸布依族地区）

山伯英台

古时有一个员外，生了一个女儿。女儿长大后，一天到晚就想要去杭州读书。以前的女人无法出外读书，都是叫教师来家里教，而不是去学堂读书，所以她的爸爸不同意，而她也想不出办法来劝她爸爸同意。

但是有一天，她女扮男装来拜访她爸爸，说了一些问安的话，然后就走了出去，换了衣服又走回来。她爸爸就问："刚才那个男孩子你看怎么样？"她说："不坏啊。"说着说着，她实话实说："那个男孩子就是我，我想去念书，你就是不同意，那么我扮作刚才那个样子好吗？"她爸爸没办法，女儿是如此苦苦地想去念书，于是就让她去了。

她在屋内种了一盆花，对她的妈妈说："每天都要浇花，让花儿长得很漂亮。如果出了什么事情，花会干枯，你就必须来找我。"她有一个嫂子，心肠很坏，浇花时都用热水，每天浇呀浇，花儿却也不枯萎。

她就去念书了。走着走着，遇见一个叫做山伯的人，这个人的家境不富裕，生活很拮据，也要去杭州念书。两个人在树荫下休息，她就问："这位大哥要去哪里啊？"他说："我要去杭州念书。"英台就说："哦！你要去那儿啊？我也是去那儿念书，真凑巧，我们两个是一道儿的，不妨两人结拜做兄弟好了。"梁山伯是忠厚老实的人，又比她大，所以她就称山伯为梁兄。

在学校念书期间，他们被安排睡在一起，因为学校是两人一间房间。英台想不出办法，但她是女孩子啊！幸好她头脑好，就想到一个办法来处理这种情况：她用一条白毛巾挂在床铺中央，说，睡觉时若谁碰到了这条毛巾，就得罚他出全班上课用的纸笔；梁山伯家穷，吓得不敢去碰毛巾，身子缩在一起睡，更不敢碰英台；英台较有钱，故意用脚触碰毛巾，第二天就买纸笔给全班用。

有一天，一个被称作"麻脸马俊"的人笑她说："祝英台是女的啊！"英台说："谁说我是女的？""你看你小便用蹲的啊！"

后来，英台想这样不是办法，那个马俊真是狡猾。她就将水射得墙壁啦地上啦到处都是，故意弄得湿淋淋的，然后向教师说："老师、老师，您看他们很没规矩，小便都站着，弄得到处都是。"老师想这么没规矩怎么行，便叫他们蹲着小便，大家都跟着英台这样做。后来念书念了好几个月，都没什么事。英台和山伯十分要好，一天到晚两个人吟诗做对，读完书休息的时候便四处游玩。

那盆花常被浇热水，却一直很漂亮，直到有一天，花忽然枯萎了，她的父母亲惊慌地说："哇！那个花枯萎了，必定有事情。"他们想赶快叫他们的女儿回来。梁山伯尚未毕业，还不能回家，便送英台。一路相送，两人难分难离。到了半路，英台叫他回去，并要他来看她。两人约定桃花开时山伯就去找她。

山伯读书读到把这件事几乎忘记了，当他踏到桃子的果核时，才想到去英台家。

麻脸马俊十分狡猾，他先回家，向他父亲说要娶什么人。他家十分有钱，但是他人却长得很丑。他叫父亲去英台家提亲。英台父亲就想，女儿长大了，也该嫁了，而且马家又那么有钱。以前的人根本不尊重女方的意愿，只要男的要就可以了。就这样，他们订下婚约。

梁山伯等踏到桃核时才想到要去她家，就太迟了，英台都跟别人定亲了。来了之后，他说要找英台小弟，却找不到。后来，英台出来了，换作女儿模样。她说她已定了亲，山伯一听，十分伤心，一路哭着

化蝶飞天（民间剪纸）

回去，得了相思病，病得很重，叫人来请英台去看他，英台没法去，他就这样死了。

英台知道山伯死的消息，十分伤心，他居然就这样死了！她托人转告山伯的父亲说："你要把他埋在南山的某一角。"因为马俊迎娶她时一定会从那个山头经过，所以叫他要埋葬在那一处。后来，山伯父亲就真的照英台所讲的将山伯埋在那里。山伯死去，马俊非常高兴，就用花轿来迎娶英台。到了那个山脚，英台说要拜一下山伯，他们两人一起念书念得那么久，要向他拜一拜，叫马俊不可以太靠近。她就在那里哭，哭诉她和山伯读书那么久，他居然死了。英台想："你若真有灵验，你就带我去；你若不灵验，我就嫁给马俊去。"哭了好一阵子。有诗为证："有灵有验墓门开，无灵无验马俊妇。"

她在那里哭，哭到将头往那石上撞去，不知撞了几下，墓门竟然开了，她就从那洞口钻进墓内。马俊看她钻入墓内，非常迅速地靠过去，三扯四扯，扯到她的一个衣角而已，墓门就又关了起来。马俊把衣角拉出来，一放手，衣片变成两只蝴蝶，一直飞，一直飞，山伯带着英台，飞往天庭。

李丽玲搜集整理

（流传于台湾台中）

附：我国其他地区梁祝传说基本篇目

题　名	传承人	流传地区
山伯琴剑英台扇	张炳文、缪严奇	江苏宜兴
养了伢妮了	陈继良、蒋岱	江苏宜兴
观音寺结缘	仿干	江苏宜兴
梁山伯出生	陈继华、缪岳章	江苏宜兴
祝陵的传说	蒋云龙	江苏宜兴
清白里的来历	陈继华、蒋尧民	江苏宜兴
梁山伯和双蝶节	定华	江苏宜兴
十八湾的来历	朱文祥、王金中、梁金人	江苏无锡太湖
袜套的来历	孟德林、金凤	江苏南通
蚕茧粘住虱子草	严鸿翎	江苏南通
米汤浇花花更红	刘素英、高国藩、叶伟娟	江苏南京
马郎巷的来历	靳荣福、高国藩、王鸿祥	江苏洪泽湖
梁祝的故事	徐书明、王平山、康新民	江苏丹阳
涧河潭殉情	陈继良、周小谷	江苏
梁祝永结并蒂莲	吴华	江苏
马文才变马郎鱼	吴华	江苏
梁山伯与祝英台的传说	张振平、沈海林、刘康健	河南汝南
草桥结拜	陶群	河南汝南
祝英台挑水	郭腊梅	河南渑池
白衣阁的传说	岳年堂、刘康健	河南汝南
泪井的传说	赵庆华	河南汝南
梁祝双墓的传说	汝文	河南汝南
七月十五送纸灯	莫高	河南汝南
钩指立下白头誓	覃同元、凌校南	广西崇左市大新
三句壮族俗语的由来	马乜好、马永金、李从式	广西壮族地区
显示贞洁月月红	祝光明、唐庆得	广西富川瑶山
英台做诗托终身	蓝鸿恩	广西东兰、巴马、田阳、马山、都安等
三蝶奇缘	韦公、过竹	广西融水苗族自治县
山伯和英台		广西马山壮族
鸳鸯河	戴永宏	广西
山伯英台变星辰		广西上林瑶族

（续表）

草花蛇	黄秀芳、周国良	广西玉林
清官明断结秦晋	韦公、过竹	广西柳州
祝英台疆场建奇功	韦公、过竹	广西柳州
竹篾箍桶永久紧	乐文	福建漳平
映山红的来历	郑针、李金川	福建泉州
梁祝同化白蝴蝶	谢云声	福建闽南
三载同窗生死恋	表洪铭	广东
英台山伯的故事	周柏芬	广东
马俊告状	钱南扬、白石坚	广东海陆丰
红白蝴蝶结成双	张钟氏、张徐氏	山东青岛
峄山梁祝读书洞	樊存常	山东兖州、邹县、微山
梁山伯与祝英台合葬墓	樊存常	山东济宁
梁祝墓借碗	佚名	山东济宁
梁祝闹五宝	佚名	山东济宁
断桥隔断梁祝情	佚名	山东济宁
梁祝的传说	葛朝南、李征康	湖北丹江口伍景沟
梁祝吟诗送别	张世琪、李天荣	湖北红安
大欢喜与错欢喜	淮州	重庆合州
死人嘴上为啥要盖书	谭先偏、谭业明、杜良田	湖北沔阳
飞蝶化彩虹	江骑翔	四川丰都
梁山伯与祝英台相爱	熊塞声	河北
祝英台投墓殉情	马太玄	甘肃清水
梁祝出世	朱永堂	北京
红烟绿烟绕上天	郭贵义、郭辉	甘肃西和
梁喜与祝九红	红才才、张彦哲	河北蒿县耿村
祝英台阴间打官司	侯果果、张彦哲	河北蒿县耿村
历尽磨难终成婚	黄国涛	长江以北
山伯爱憎对飞禽	刘燕鸣、王美新	湖南邵东
英台姑娘与山伯相公	倪大白	贵州罗甸
梁山伯问路	佚名	江西
山伯英台的故事	林魏月娥、陈益源、钏瑞景	台湾云林
山伯英台	李丽玲	台湾台中石冈

（上述梁祝传说篇目选自《梁祝文化大观·故事歌谣卷》、《梁祝的传说》、《梁祝故事集》及全国各地民间故事集、报刊。）

梁祝民间歌谣主要名录

梁祝传说一经产生,就在民间口耳相传,当故事情节日趋完美丰富时,人们又借助歌唱的形式来加以传播。尤其是传到少数民族地区,人们更把这个美丽的爱情传说编创成韵文,到处传唱,逐渐产生了一批内容和风格各异的梁祝歌谣。

梁祝民间歌谣

梁祝传说的另一重要形态是民间歌谣。梁祝传说一经产生，就在民间口耳相传，当故事情节日趋完美丰富时，人们又借助歌唱的形式来加以传播。尤其是传到少数民族地区，人们更是把这个美丽的爱情传说编创成韵文，到处传唱，逐渐产生了一批内容和风格各异的梁祝歌谣。从现存历史记载和抢救、保护下来的梁祝歌谣分析，民歌往往是传说的另一种表达形式。梁祝歌谣大约在梁祝传说出现之后就产生，因为在东晋和南北朝时期民歌已经十分发达。宋、元、明代为发展时期，当时文人中已有苏轼、辛弃疾、吴文英等用"祝英台近"作词牌名创作词。元代更有杂剧《梁祝》出现，并且，许多元杂剧常用"不唱梁山伯，不唱祝英台，只唱……"来开场，可见梁祝歌谣在元代已经到处传唱，人人皆知了。清代和民国时期为梁祝歌谣兴盛阶段，目前能见到的许多梁祝歌谣手抄本、木刻本、石印本等均为这一时期的产物。到20世纪20年代，城镇地区梁祝戏曲兴盛，越剧、川剧、豫剧、黄梅戏等唱段十分流行，20世纪30年代上海就出现过"家家梁山伯，人人祝英台"的传唱盛况，传唱的多是越剧片段。而在广大农村和少数民族地区仍然以唱梁祝歌谣为主，如《十二月花名唱梁祝》在农村十分流行,一直持续到20世纪60年代初。

至今见到的最早的民歌是楚歌《罗江怨》,录自明刊本《词林一枝》,其歌词曰:"纱窗外,月影歪,山伯来访祝英

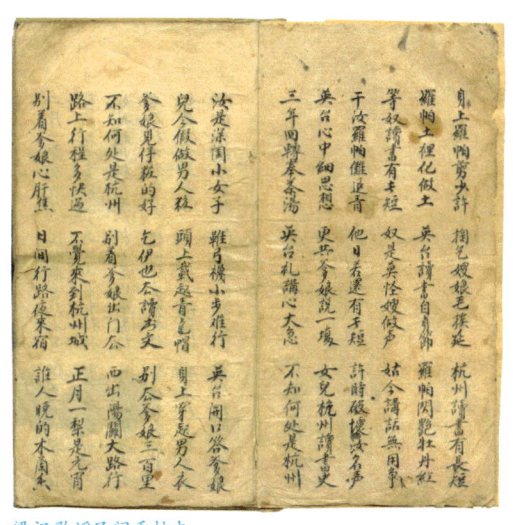

梁祝歌谣民间手抄本

台。冤家闪得无聊赖,在杭州卖尽巧乖。今日里诉出情怀,教人牵惹得相思害。想当初老实痴呆,谁猜你是个裙钗?这场瞒哄真奇怪,想前生分薄缘亏,今世里不得和谐,生生再结同心带!"唱出了梁山伯不识祝英台女扮男装,求婚未成,相思阵阵,祈求来生结同心。

另一首民歌《梁山伯》,载于清乾隆年间李调元编的《粤风》一书,短短四行,描写梁山伯与祝英台同窗读书的情景:"古时有个梁山伯,常共英台在学堂。同学读书同结愿,夜间同宿象牙床。"根据歌词创编思路推断,此首民歌可能还有几段,只是收录记载时遗失。另外从"古时有个梁山伯"来分析,这首歌可能产生很早,经过不断传唱,逐渐失传,至清初流传到广东,只剩下一段辑录于古籍。

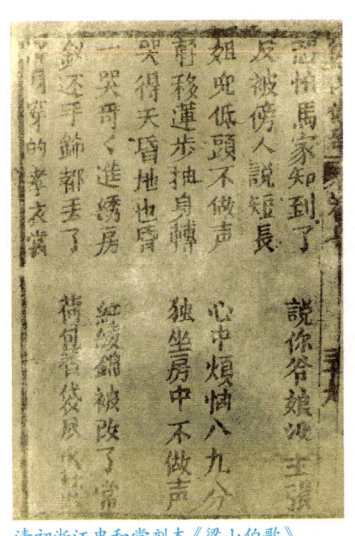

清初浙江忠和堂刻本《梁山伯歌》

清初（约1660年）浙江忠和堂刻本长篇叙事民歌《梁山伯歌》，因刻本残破，前部缺十三行，后部间断缺五行及若干字。全诗完整地描写了祝英台女扮男装求学、路遇山伯结拜、三载同窗、辞学相送、托身提亲、抗婚逼嫁、扑墓化蝶、阴间判婚等故事情节，开头"十绣"突出了祝英台的灵巧聪明，然后用"十叹"、"十唱"、"十哭"等抒发梁山伯与祝英台丰富的内心情感，是梁祝民间歌谣成熟时期的精品。

[壹]梁祝民间歌谣主要名录

近二十多年中，全国各地搜集的梁祝民间歌谣有九十多首，除以上列举的以外，比较有代表性的还有：

1. 汉族叙事歌举例

《梁山伯与祝英台全史》（清上海槐阴山房书庄刻本）、《柳阴调》（清京都万寿楼刻本）、《梁祝全传》（清代手抄残本）、《梁祝生还结夫妻》（1914年福建厦门会文堂书局石印本）、《梁山伯与祝英台》（潮州说唱，手抄本）、《梁祝山歌》（流传于鄂赣皖地区，桂遇秋记录本）、《客家人梁山伯与祝英台》（竹板歌，凌金火、梁古风唱本）、《梁山伯祝英台全书》（启德印书局刻本）、《英台回乡》（龙舟歌，1932年广州成文堂刻本）、《梁山伯与祝英台》（1936年凌证明抄本）、《柳阴记》（1947年重庆金城书局新刻本）、《英台传》（新化文元堂刻本）、《梁山伯》（陈光修抄本）、《梁山伯和祝英台》（1951年上海广益书局黎锦晖编）、《梁祝十二月花名》（杨尺来唱本）、《挖花洞梁祝》（王永祥唱本）、《梁三伯与祝英台》（台湾长篇民歌）、《道情梁山伯与祝英台》（长篇吴歌，俞旭坤、宗震名、陈继良唱本，蒋尧民整理）、《梁祝姻缘传》（刘明来手抄本）。

浙江婺邑文林堂本《梁山伯祝英台全本》（1917年）

2．少数民族歌谣举例

《畲族传统故事歌》（雷长妹、兰周根等唱本，流传于浙江丽水、福建福安一带）、《苗岭梁祝歌》（麻树兰、石和金唱本，流传于湘西、黔东北地区）、《壮族梁山伯与祝英台》（刘志坚唱本，流传于广西）、《瑶族英台传》（盘启有唱本，流传于广西富川）、

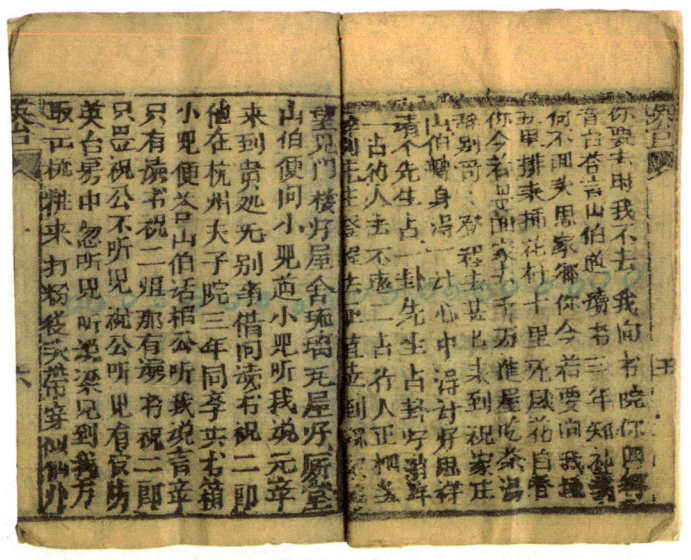

木刻本《英台传》

《仫佬族梁山伯与祝英台》（银世雄唱本，流传于广西罗城）、《土家歌梁山伯与祝英台》（周永超唱本，流传于重庆市黔江区）、《白族山伯英台》（阿鉴鼎唱本，流传于云南大理）、《水族梁山伯与祝英台》（潘光灿、潘静流唱本，流传于贵州）、《祝英台之歌》（侗族琵琶歌）、《梁山伯与祝英台》（壮族嘹歌）、《祝英台调》（壮族采茶歌）。

[贰]梁祝民间歌谣选

梁山伯歌（节选）

越州城外祝家庄，家财百万祝公远。屋上盖的琉璃瓦，青砖粉墙多豪华。把门狮子笑洋洋，祝公生下女裙钗。取名叫做祝英台，聪明伶俐多乖巧。终朝每日绣龙凤，好比仙女下凡尘。九姐房中绣花纹，五色红绒手中存。一绣天上并日月，斗牛官中振乾坤，王母娘娘蟠桃会。二绣麒麟奔山间，八仙漂海闹洋洋，采荷仙姑不慌忙。三绣织女配牛郎，七星鹊桥会一场。四绣天仙七姊妹，三位仙姑下凡来，三姐喜配崔文瑞，四姐东京闹过来，七姐董永两和谐。五绣洞宾戏牡丹，铁板桥边把药盘，万药俱全不相干。六绣孙猴闹天宫，十万八千称大圣，火炼金丹中何用？紧箍咒儿落身穷。七绣七星向下飘，吕布貂蝉魂魄销，凤仪亭前会结好。八绣孙膑并庞涓，五雷阵前显威严，三斩胡擂丧黄泉。九绣广东花如锦，洛阳桥下采莲船，王孙公子千千万，黄金抛满乱纷纷。十绣满天星不平，地下是兽与飞禽，百鸟朝凤爱煞人。爷娘观花真出色：我儿手段果然强！若还是个男子汉，送往杭州读文章，必是朝中状元郎。英台上前禀一声：爷娘在上听原因，只要爷娘亲口许，女扮男装换衣巾，杭州城内攻书文。爷娘就把八卦详，三个金钱断阴阳。此卦占得逢大喜，青龙发动喜非常，两个贵人在中央。九姐房中改男装，白术煎水洗身上，粉不擦来花不戴，一对金钗付亲娘，梳头只把水来洗。英台打扮出绣房，龙行虎步往学堂。兄嫂厨房来耻笑：姑娘杭州读文章，杭州选个少年郎。爷娘上堂话言语：我儿英台听端详，莫学文君思马意，莫学双燕绕朝廊，莫在人前坏纲常。九姐上前来禀道：尊声爷娘听言音，不学文君思马意，不学双燕绕高堂,不做残花败柳娘。英台就把誓来盟,祝告虚空过往神:我若杭州失了节,天雷打死一命倾,死在他乡不回程。红绫扯了有九尺,埋在牡丹花下藏:我若杭州不失节,红绫依旧放毫光,风光喜气早归乡。爷娘听说笑洋洋:我儿本是铁心肠。就叫银心送行程,也学九娘做男装:人前切莫叫姑娘!九娘登程泪汪汪。

(本诗节选自路工《梁祝故事说唱集》,上海古籍出版社,1985年8月)

梁祝十二月花名

民国已有十多春,表一表牛郎织女星。牛郎就是梁山伯,织女就是祝英台。正月梅花是新春,梁山伯攻书到杭城,草桥遇着英台女,错把女子认书生。二月杏花朵儿红,结拜金兰称弟兄,二人进了书房门,情似同胞把书攻。三月桃花红如火,同桌来夜同宿,只为英台多留意,未露真情三年多。四月蔷薇花儿香,花园里面去乘凉,狂风吹起英台衣,略知三分女人腔。五月石榴端阳星,山伯说与英台听,你明明是个女裙钗,为何不肯露真身?六月荷花伏中升,伶俐女子古有训,花言哄了梁山伯,打定主意转家门。七月凤仙七巧星,收拾行李要动身,师母跟前说真情,要求做个月老人。八月桂花是中秋,二人各自苦心头,山伯难舍英台弟,此刻英台不顾羞。九月菊花是重阳,肩负行李转家乡,英台多少真情话,只恨山伯无心听。十月芙蓉小阳春,路中分别各回程,英台见过双亲面,仍到高楼换衣襟。十一月水仙冬至到,山伯亦要转家门,一心先到祝家去,探望当初结拜人。十二月蜡梅冷冰冰,山伯到了祝家门,高厅会见英台女,口吐鲜血命归阴。十二月花名唱完成,英台配与马家门,坟前痛哭梁兄长,山伯忽显魂开坟,变成一对花蝴蝶,飘飘荡荡上天庭。

杨尺来唱述　朱荷月记录

(流传于宁波鄞州)

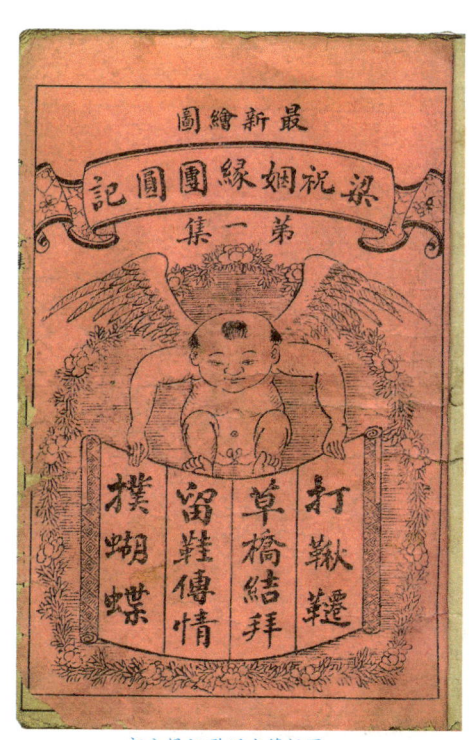

部分梁祝歌谣古籍插图

梁山伯祝英台（节选）

访友

闲言且丢开，山伯与英台，杭州攻书转回来，去把朋友拜。迈步往前行，望见一竹林，不知九郎在哪里？无人来指引。前面有一庄，回水为池一屏墙，东西两厢房。到了祝家庄，解带换衣裳，摇摇摆摆上高堂，未见祝九郎。丫头回言答，九郎不在家，会他有甚话，明日来会他。大姐听我言，我是杭州客，我们弟兄来结拜，名叫梁山伯。杭州来分别，有了六个月，特到贵府来拜谒，烦你对他说。丫头听此说，两脚走如云，报与姑娘得知音，来了一书生。说是杭州的，特来拜望你，同学窗友多知己，故此到家里。他是杭州客，名叫梁山伯，说是与你弟兄结，记得不记得。蓝衫绣带飘，风流多乖巧，千里程途问知己，故此到家里。英台听此言，如提冷水盆，想是梁兄到我门，冤家害死人。英台进房门，打扮胜十分，好似颜水画美人，丹青难画成。好个女佳人，挂起连兰镜，搽上胭脂和水粉，美貌女千金。头发赛青云，梳得多标致，插银金钗凤头子，耳环镶宝珠。双手盘蓝龙，牡丹对芙蓉，头插金簪赤眼红，打扮大不同。身穿湖留衫，绣兰外托肩，织绵穿凤穿牡丹，锦裤滚绣边。脸似桃花腮，少年女钗裙，接折裙上绣兰带，项戴金链来。十指如春笋，走路似青云，犹如仙女降下界，真是仙女人。手镯金玉镶，金银响丁当，十指尖尖白如霜，首饰非寻常。头发乌云黑，脸儿白如雪，樱桃小口又会说，才能真出色。梳起水波云，回

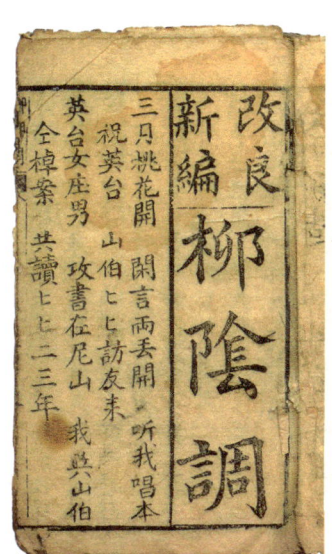
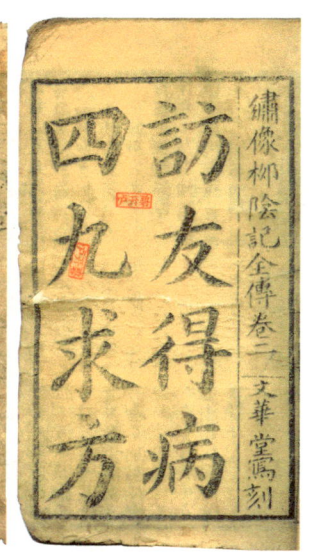

部分梁祝歌谣古籍内页书影

首点嘴唇,珠宝翠花插四边,赛过女昭君。乌云两边分,燕毛自生成,一口细牙白如银,实是爱煞人。好个女姣娥,生得真不错,不长不短一双脚,仙女脱的壳。绣阁好梳妆,打扮胜仙人,戴花双凤来朝阳,身旁带麝香。梳妆打扮毕,走在堂前地,一见梁兄深施礼,几时回来的?山伯把眼睁,见她着一惊,好像一个活观音,缺少一净瓶。莫非九郎妻?上前施一礼,相公与我来结义,同学把书习。特地来拜他,却又不在家,辞别多久长思念,是我无缘分。思念弟兄情,时来踵府门,姑娘说与相公听,我要转家门。他若来回家,说我拜望他,他在杭州说的话,不知真和假。英台回答言,两眼泪涟涟,叫声梁兄好哥哥,我是女姣娥。就是祝英台,别兄转回来,杭州与你兄弟拜,望你不得来。望你早早来，如今来迟了，这是前世未修到，姻缘错过了。当日在书房，女装男儿样，与兄结拜在寒窗，情义不能忘。别兄回故村，每日想在心，指望梁兄早来临，与姣结成婚。望你六月零，不见兄来临，爹娘哥嫂不知情，许了马家婚。山伯听此话，泪如春雨发，可怜裙钗小冤家，怎不说实话。日间同学堂，夜晚同宿床，哪知你是女姣娥，姻缘不相当。同学三年春，结拜成弟兄，你说有妹在家中，为此走一程。英台泪涟涟，梁兄听姣言，分手暗藏多少言，不懂是枉然。说过多少话，你就不想她，暗说许多机巧语，全部放心下。鸳鸯水上依，鱼儿穿水游，双双好比你和我，全然猜不着。送姣十里亭，句句是真情，梁兄不像读书人，全然不聪明。同在花园里，摘榴暗存意，双手摘榴送你吃，你不记在心。一窍也不通，只当耳边风，大风吹过水无踪，心里听不懂。梁兄来得稀，请到书房里，无事不到姣家里，淡酒弄一杯。来到书房中，叫你一声兄，同学三年把书攻，姻缘一场空。梁兄听姣言，莫把姣埋怨，姣将汗衫脱一件，别处求姻缘。别娶女姣娥，姻缘有差错，见了汗衫如见我，姣来送公贺。姣来祝贺你，见姣莫焦急，娶了一个美貌妻，神圣保佑你。别娶女佳人，姻缘天生成，赛过貂婵君，比姣胜十分。梁兄来得稀，没有好酒吃，住上几天莫嫌弃，非姣无情义。姻缘前世定，由命不由人，姻缘要遵天的命，莫怪姣无情。贤弟不必留，留下结冤仇，即是姻缘不成就，在此没来由。二人手挽手，送出大门口，叫声梁兄慢慢走，切记莫担忧。一对好鸳鸯，不得修成双，前世烧了断头香,姻缘不相当。山伯回头看,英台泪汪汪,二人哭得肝肠断,铁石心肠也会软。山伯转回程,英台自思忖,二人情义至此分,姻缘不得成。英台把楼上,眼中泪不干,不好给兄说端详,空来走一场。

石远银搜集

(流传于浙江)

苗岭梁祝歌(节选)

第一章 赴杭求学

古时客地祝家寨,寨上有个祝员外。员外家里没养崽,只生妹子祝英台。古时客地祝家寨,祝员外家有钱粮。员外家里没养崽,只生一个乖姑娘。祝英是个灵姑娘,挑花刺绣最在行。小时织带绣花忙,长大立志读诗章。祝英是个灵姑娘,描龙织凤是里手。小时织带绣花忙,长大立志把学求。找爹找娘去商量,娘把女儿训一场:读书学礼是儿郎,女子出门不应当。找爹找娘去商量,谁知爹爹一顿骂:读书学礼是儿郎,女子哪能进学堂!祝英求学爹阻挡,女儿穿梭求爹娘:知书识礼上学堂,描龙绣凤啥用场?祝英求学爹阻挡,女儿托娘求爹允:知书识礼上学堂,挑花织带啥出息?孩要读书志气大,做爹做娘心开花。惜儿投胎为女娃,你是男孩还说啥?孩要读书志气大,做爹做娘心喜欢。惜儿投胎为女娃,你是男孩多如愿!祝英突然心明亮,想出计谋定主张。木兰从军穿男装,脱去女装扮儿郎。祝英突然心明亮，想出妙计探爹娘。木兰从军穿男装，女扮男装走进堂。祝英转眼变儿郎，落落大方拜爹娘。爹爹打量娘端详，不知哪来客人访。祝英转眼变儿郎，落落大方把礼拜。爹爹打量娘端详，这位书生哪里来？祝英察颜看动静，喜笑颜开道真情：哪是客人来访问，明是小女回家门。祝英察颜看动静，喜笑颜开说分明：哪是客人来访问，明是女儿拜双亲。祝英果真像儿郎，双亲点头又夸奖：赶紧取钱整行装，送儿杭州进学堂。祝英果真像儿郎，爹爹高兴把话讲：赶紧取钱整行装，送儿杭州学诗章。祝英要去杭州城，爹爹嘱咐娘叮咛：读书求学要勤奋，女扮男装要谨慎。祝英要去杭州城，爹娘说教到三更：读书求学要勤奋，女扮男装倍小心。道理爹娘教周全，句句装进儿心间。孩儿倾心学诗篇，两老在家心放宽。道理爹娘教周全，句句装进儿心窝。孩儿倾心学诗篇，两老在家莫念我。祝英乔扮成相公，出门求学兴冲冲。书童挑担紧跟从，林鸟欢唱来相送。祝英乔扮成相公，出门求学喜洋洋。书童挑担紧跟从，春光明媚山花香。

麻树兰搜集、整理、翻译

（流传于湖南、贵州交界处的苗岭山寨）

壮族梁山伯与祝英台（节选）

同床划界

二人同伴到学堂，学堂门生住满房。先拜圣人孔夫子，二拜先生礼仪长。二郎为何到得晚,哪里人氏住何方?兄弟双双齐作揖,一一答复老师长:门生同是庄家人,木兰峒是我家乡。往返要走千里路,渡河无船误时光。有心不怕千里远,要从师友习文章。先生感动留二人,无奈只剩床一张。山伯英台进书馆,亲如手足喜洋洋。三餐茶饭同台吃,晚上读书共灯光。日间写字同凳坐,夜间同睡一张床。日读诗书总一本,夜被绫罗总一张。英台床中划条界,讲定各人睡各旁:小弟自小要独宿,可又怕鬼拿刀防。巫师送弟把匕首,兄若过界挨刀伤。山伯答言无所谓:弟要怎样就怎样,只觉贤弟有点怪,睡觉何不脱衣裳?英台叹气答山伯:要说起来话就长,为免三年刀光灾,爹娘日夜勤劳烦。还怕一时有疏忽,娘亲缝套紧身裳。前后纽扣百二对,重重纽扣绣鸳鸯。脱得衣来大半夜,穿得衣来天大光。天天迟到怎得了,先生铁尺打手板。不如夜间和衣睡,五更早起习文章。山伯也觉有道理,又指耳珠问一趟:为何穿孔学姑娘,难道男人还打扮?英台听了笑哈哈:梁兄听我说亮堂,都因小弟命不好,早先多灾又多难,爹娘爱我名九妹,又穿耳孔换女装。鬼差勾魂找不着,活在阳间命就长。怀远风俗皆如此,小弟如何敢违抗?山伯为人最诚实,再不胡思又乱嚷。英台心里偷偷笑,梁兄确是实肚肠。真是同床不同梦,各人自有各心肝。

刘志坚搜集整理

(流传于广西壮族自治区)

梁祝民间信仰和风俗

梁祝民间信仰和风俗是由梁祝传说而产生的非物质文化的另一种形式,它的精神内涵与梁祝传说的思想内容完全一致,属于梁祝传说的文化范畴。它的产生,丰富了梁祝传说非物质文化遗产的内涵,拓展了梁祝传说衍生的领域,是一个古老而有生命力的传承途径。

梁祝民间信仰和风俗

[壹]全国各地的梁祝民间信仰和风俗

　　梁祝的民间信仰由来已久，最早可以追溯至东晋末年。传说梁山伯完成学业后被举荐为鄞县县令，在任期间体察民情，为官清正，为老百姓做了很多好事。当年鄞县洪涝灾害多，梁山伯带领民众兴修水利，在治理姚江时积劳成疾，东晋宁康癸酉年（373年）八月十六日累倒在姚江九龙墟，嘱侍从就地安葬，以示死守大堤之志。老百姓为梁山伯筑起了坟墓。为了纪念梁山伯勤政爱民，民众还建了一座小小的香火堂祭祀。这就是最早的梁山伯庙。梁县令香火堂建成后，消息一传开，附近老百姓逢年过节，特别是在梁山伯忌日，自农历八月初五到八月十六，纷纷聚集到这里烧香祭拜，香火日渐兴旺。随后因祝英台殉情合葬，这里每年农历三月初三（传说是祝英台生日）男女老少都来祭祀，祈祷婚姻美满，家庭平安。宁波梁祝传说有的说祝英台是姚江对岸祝家渡人，因此，八月十五那天，祝英台照例归宁祝家渡母家，演戏酬神，更为热闹。

　　后来官方因梁山伯生前功绩和身后所谓显灵，建起了梁山伯庙。北宋李茂诚在《义忠王庙记》中记载："至（东晋）安帝丁酉

（397年）秋，孙恩寇会稽，及鄮，妖党弃碑（义妇冢碑）于江口。太尉刘裕讨之。神（梁山伯）乃梦裕以助，夜果烽燧荧煌，兵甲隐见，贼遁入海。裕嘉奏闻，帝以神功显雄，褒封'义忠神圣王'，令有司立庙焉……民间凡旱涝疫疠，商旅不测，祷之辄应。宋大观元年季春，诏集《九域图志》及《十道四蕃志》，事实可考。"梁山伯庙历史上屡建屡修。据查考，庙内碑记至少在北宋大观年间整修过，明万历三十三年（1605年）四月和清雍正十年（1732年）又重修，从历史照片上看到的早期梁山伯庙是清同治末年（1874年）重建的，民国十二年（1923年）又作整修。该庙一直保存到1965年，后改作粮食仓库，20世纪70年代基本被拆除，改建成工厂，至今尚存几扇屏风及一些石构件。

梁山伯庙会一直到清代仍香火旺盛。旧时农历三月初一至初三、八月初七至十六均有演戏敬梁祝；八月初七始有香客前来坐夜，坐夜者多为女性，主要来自鄞县及奉化、余姚、慈溪、镇海等地。至八月下旬渔汛期后，舟山六横、桃花岛的渔民也成群结队乘船来庙供神坐夜，谢神保佑渔民平安丰收。但多数来梁山伯庙祭祀坐夜的是为祈求夫妻白头到老的。梁山伯庙会规模较大，从初八开始连续进行四天。旧时有梁祝供像出殿，行纸会进行迎宾，从九龙墟邵家渡庙内出发，经高桥各村，汇聚数千人，行程二三十里，梁祝供像要途宿两夜。白天赛会，夜供奉、看戏。庙脚有十八堡，堡堡出

梁祝庙会游人如织

纸会,有纸船、抬阁、女跑马、高跷等。庙会至1940年日军侵占宁波,宁波沦陷中止,四十余年后才又出现。1985年,民间集资在梁祝墓西面修筑了梁山伯庙。自此一年一度的梁山伯庙会风俗开始盛行,成千上万民众从周围地区汇聚于此,例行传统的坐夜习俗。20世纪80年代中后期达到高峰,赶庙会的人数达十万以上,坐夜的人数达三万以上,队伍一直延伸到宁波西郊望春附近。

  1996年,在梁山伯庙遗址拆迁了工厂,修建了历史上规模最大的梁山伯庙,恢复了梁山伯庙原有规制,庙会风俗及创新的梁祝文化节、梁祝婚俗节逐步盛行。1999年底举办第一届中国梁祝爱情节,百对新人在梁山伯庙举行盛大婚礼,婚车、彩车及民间文艺表演队伍长达十多里,穿越宁波市中心时,万人空巷,争相观看。第二届中

梁祝庙会盛景

国梁祝爱情节时,来自全国五十六个民族的新人欢聚于宁波梁祝文化公园,见证梁祝忠贞爱情,种下了五十六棵爱情树。第三、第四届中国梁祝爱情节联手意大利罗密欧与朱丽叶的家乡——维罗纳市,中外新人举行集体婚礼,欣赏"梁祝之夜"小提琴协奏曲《梁祝》和芭蕾舞剧《梁山伯与祝英台》,意大利维罗纳市市长还向宁波市赠送了朱丽叶原雕复制像,放置在梁祝文化公园。后宁波市将"梁祝化蝶"汉白玉雕塑回赠给意大利维罗纳市。新颖的梁祝风俗节庆成为当地人民文化生活中一道亮丽的风景。

宁波市镇海区菜汤庵也是民间供奉梁祝的场所。旧时每到新年,庵内烧一大锅菜汤,青年男女都要来喝上一碗。传说男孩子喝了就会找到祝英台那样的爱人,女孩子喝了会找到像梁山伯那样的对象,充分表明了宁波当地人对梁祝的深深喜爱。

宁波、绍兴一带还有因梁山伯传说而盛行的上学吃蛋的习俗。传说梁山伯年幼时不开窍,吃了食百草的鹅蛋后变得聪明灵巧。后一传十、十传百,宁绍平原一带的老百姓送孩子上学必须吃蛋的习俗至今仍流行,四亲八眷左邻右舍有孩子上学,都流行送蛋。

在江苏宜兴善卷洞碧藓庵附近,早春时节,桃李芬芳,对对彩蝶翩翩起舞。当地老百姓为纪念梁祝忠贞爱情,每到传说中祝英台的生日农历三月三日便举行"双蝶节",许多青年男女相聚观看蝶舞盛况。

在河南汝南,每年农历七月十五中元节有送纸灯的习俗,传说是为祝英台和梁山伯相会指明道路。家家户户都要为祝英台做白色纸灯笼,到了晚上,点上红烛,男女老幼成群结队提着纸灯,挂在祝英台墓周围到梁山伯墓的路上,让梁祝一年一度团聚相会。

中国梁祝爱情节新婚盛典

梁祝民间信仰和

风俗是由梁祝传说而产生的非物质文化的另一种形式，它的精神内涵与梁祝传说的思想内容完全一致，属于梁祝传说的文化范畴。它的产生，丰富了梁祝传说非物质文化遗产的内涵，拓展了梁祝传说衍生的领域，是一个古老而有生命力的传承途径。

[贰]梁祝信仰和风俗文选

宁波梁祝庙墓现状(节选)

庙的现状

梁祝的庙，在宁波西门外十里许的九龙墟。

庙的正屋为五开间，前后三进。东首余屋里开设了一个小学校，就叫作"龙墟小学"，西首就是坟墓了。那里适当甬江（其实是姚江——编者注）弯曲所在，所以西、北两面都有江流的环绕。东、西两面，但见阡陌纵横，港湾交叉，志书上所说的接待院，是无从寻觅它的踪迹了。

一进为山门，大门的匾额上写着"梁圣君庙"四个斗大的金字。进大门，中间是个戏台，两旁空着。

第二进为正殿，中间暖阁里供着梁山伯的土像，西首暖阁里供着梁祝二人的木像，都比真人来得大。东首的是个红面孔的神道，但见神位上写着"敕赐云霄检察护国佑民沙老元帅"十四个字。总之，是宁波一个很受人崇拜的神道，也不必去寻根究底了，本来和梁祝是风马牛毫不相关的，拿他放在这里，恐怕是补缺的意思罢。西首靠窗横着一条板台，上面陈列些经卷之类，台后靠壁一只榻柜，这是庙祝起坐之处，也就是恭候香客之处。榻柜再进来一些，嵌在壁间有两块碑，南首的一块较大，碑文已见光绪《鄞县志》，不过首尾格式微有不同，录之如下：

首：梁君庙碑记："赐进士第文林郎宁波府鄞县知县事奉旨内召升授北京刑部主事高淳魏成忠撰。"

尾："皇明万历三十三年岁在乙巳夏四月。皇清雍正十年岁次壬子孟冬三堡祀户人等重修。"

万历至雍正，相隔虽不过一百二十几年，大概因为明清间的兵乱，庙宇遭劫，连原碑文也毁坏了。清初重修，重刻了一个碑（"皇清雍正"一行和前面的字体相同，可见雍正时整碑重刻）。

在殿后轩两边的窗板上刻有陈劢的一篇文字，就是记这次修筑情形的。殿前有"风节超然"、"扶伦植纪"等匾额，还有几副楹联，如："同学兼同穴千秋义气谁堪侣，殉身不殉情一片烈心独自追"；"功于国泽于民循吏享明礼谥义谥忠崇庙貌，生同师殁同穴良朋完凤契有信有别正人伦"。

第三进为后殿，中供梁山伯木像，小于真人；东供祝英台木像，如人大小；西面也是祝氏的木像，大才如三四岁小儿，帐幔上却写着"送子殿"三字，这是求签问卜之处，兼可以求子。在庭下也有一个戏台。两殿诸偶像的冠冕袍服都是彩碧金钿，光辉耀眼，即此一端，可以想见宁波人崇奉的虔诚了。

庙宇始建于何时无可考，《四明图经》引《十道四蕃志》，只说墓而不及庙。李茂诚《义忠王庙记》引《九域图记》及《十道四蕃志》，也只说事实可考，没有提到从前有否庙宇。据李氏《义忠王庙记》，先于此庙者，越有梁王祠，西屿有前后二黄裙会稽庙。而此庙在宋大观已经建造了，则无论如何总是事实，到现在有八百余年了，其间虽更迭兴替，然历朝的志乘记载不绝。现在的庙，据那个小碑知道是同治末年重盖的，在民国十二年又粉饰过一次。

宁波有句谚语："若要夫妻同到老，梁山伯庙到一到。"所以每到阴历八月初五至月半，城中妇女去烧香的非常多。据说月半那天，祝英台照例归宁祝家渡娘家，演戏酬神，更为热闹。那个小碑上有"本庙之有《雨水经》，由来久矣。初，祠下施、徐、陆、张、沈等七

梁祝庙会

人,业巫祝……每于仲秋初旬,在庙后殿虔诵祈祷"云云,可见这种风俗至迟在清中叶已经发生了。

庙里还有梁祝的卧室,妆台鸳帐,颇似新房,里面也有梁祝的偶像。烧香妇女往往以新绣弓鞋置室中,这是从前盛行缠足时应有的现象。

墓的现状

墓就在庙的西隔壁,墓园并不大,不过庙基的一半多些,后垣和庙齐,前门稍为缩进一些。西北两面滨甬江,环以短墙,北墙开门,前踏步可通水次,南面有两扇铁栅门直通于外,东面就是庙壁,有边门通后殿。铁栅门恐怕除香客外平时是不开的,平时都从后殿边门出入。

墓的位置,偏在墓园的东南隅。墓作长圆形,上面东西横亘着一道凹下的痕迹,把墓分成南北两部。实在的形状,不过是两个相连的土丘,中间有一条小径罢了。这大概是庙祝故神其事,根据地裂的传说,有意装出来的。否则,陵谷尚有变迁,即使真有地裂之事,则在泥土上的痕迹也不能留存这样久远。南部的墓很低小,北部颇高大。墓前供一个矮小的石案,墓上列着个石碑,写着:"晋浙江按察司佥事王书,封英台义妇冢。嘉靖丁未腊月吉旦鄞县知县徐立。"

按光绪《鄞县志》,那时的知县叫徐易,字希文,永丰人,嘉靖二十三年进士。后三年,廿六年是丁未,这个碑到现在快要四百年了。

墓园西端有一个亭子,空地上散列着许多青翠的柏树,龙蟠蜿屈,大约是一二百年前的东西了。

墓的记载比庙来得早一些,《十道四蕃志》上已经确确实实地写着,可见在唐初就有了。再以前,虽说明徐树丕《识小录》、《金楼子》已记载这个故事,然未见原文,有没有说到这个墓,不可知了。

(原载《民俗周刊》第九十三、九十四、九十五期合刊,1930年2月12日出版)

梁山伯吃蛋留风俗

浙江的宁绍地区乡间,哪家孩子上学了,或升高一级学校,亲友和邻里的妇人,一个个会把蛋送往入学者家里,给入学的孩子吃。入学读书为啥要吃蛋呢? 说起来与梁山伯祝英台故事有关。

梁山伯,晋代会稽人,父名梁鼎,是位儒门寒士,三代单丁。母亲罗氏,三十岁尚未怀上孩子。一夜,罗氏在朦胧中见一只花蝶进房入帏,才怀了孕。三十八岁那年,生养了孩子,便以生育那年的年龄给孩子取名为山(三)伯(八)。梁鼎夫妇对山伯宠爱无比,梁山伯从小调皮贪玩,娇嫩体弱,小小年纪又患有头晕病,性格怪异,别的男孩子喜捉鸟摸蛋,而梁山伯却爱采花捉蝶,把逮回的蝴蝶养在蝶笼内,平时根本不愿与男孩子相处,只与女孩结伴。

梁山伯到了八岁,梁鼎便自己给儿子启蒙识字读书。梁山伯人在书房,心在野外,想的是上何处去逮蝶采花、找哪位女丫做伴……两年学下来,只认识了一个"丁"字。梁鼎又气又恨,指着发呆似的梁山伯道:"读书装头痛,捉起蝴蝶来精神。你可知'书中自有黄金屋,书中自有千钟粟'？你爱蝶玩蝶成性，玩得无厌无休，何以成器！"说罢，狠瞪着梁山伯，并把书房门关住，气得连饭也不给他吃。而他的母亲罗氏宠爱儿子，亲自把饭送往书房，带着蝶笼，想让山伯去玩。

罗氏进入书房，满心希望儿子会高兴。当她见到梁山伯时，吃惊得连喊"心肝"、"宝贝"地哭了起来。原来梁山伯被父亲训斥一顿后，患头晕病倒下了。

梁鼎后悔不应如此对待自己的儿子，忙请医配药，让山伯在房中养病。

过了两天，当婢女给梁山伯送吃食进房去时，却见窗门大开，床上空空，急得她慌忙报知主母。罗氏一听不见了山伯，连哭带闹，一面吵着向丈夫要孩子，一面派人四处寻找。

不到一顿饭工夫，有人来报告梁鼎，说在村口找到了跟女孩子跳绳的梁山伯。梁山伯服了药，休养了几天，病好了，在床上再也睡不住了，为不惊动娘亲，不走房门，而从窗口跳了出去。他几天没出门，今天尽兴而玩，便忘了返家。梁鼎赶到村口，果见山伯在跟女伴跳绳，他喝住了，要他回家读书。

梁鼎正在生气，身后却上来一人道："怪哉，奇人也！"那人看了一眼梁鼎，又道："这是谁家的孩子？"梁鼎回头一看，见是一位身穿皂色道服的老者，正目不转睛地打量着梁山伯。梁鼎见老者相貌不凡，忙抱歉道："是不才之子，望道长勿笑。"那道士正色道："不敢！

此子鼻如悬胆，天庭饱满，地角方圆，日后不做朝中栋梁，也做一方父母官。"老道说到这里，沉吟了一会又道："不过，观其气色呆滞，有气无色，七窍阻塞了六窍，只开了一路花窍，成了嬉花恋蝶之人。只要塞住这个花窍，开其六窍，则能神专心安。"

梁鼎见老道话出有因，便作揖道："不才村野愚人，请道长进寒舍赐教。"老道士也不推让，进了客堂，见客堂对联曰："直上清风生羽翼，早闻黄阁画麒麟。"老道拈须微笑，知是书香门第、诗礼之家。他问梁鼎："山伯几岁了？可有启蒙？"

"已过十岁生日，读书两年。唉，只识一个'丁'字，真是岂有此理！"梁鼎叹着气说。"哈哈，这就好了，这就是了！"老道听后反而抚掌大笑："'丁'，人也，识得了'丁'，他已成了人了，实是可喜可贺。"

梁鼎如在烟雾之中，摸不着头脑，便作揖道："请道长赐教，救我那犬子。"老道笑笑道："贫道既遇上了他，怎能使他在花蝶中长迷不醒。""道长救梁门一脉，胜如再造父母。"老道道："你须另请高明教他读书，入学前给他服下七姓人家的百草珍珠，安其精神，堵其花窍。但百草珍珠又须经妇人之手，方能物物制约，这样日后定能直上清风生羽翼。"

梁鼎听后，连连摇头道："第一件可办到。第二件……唉！看来此子无救了。"

"贫道此方百试百灵，怎么无救！"

梁鼎为难地道:"不瞒道长说,梁家世代布衣,无有显达,靠着几亩薄田一群鹅养家度日,哪有钱去买七姓人家的百草珍珠。"

"哈哈!百草珍珠穷富易得。难道你还不知食百草、忌荤腥的扁毛之禽魔?它本是九天禽魔,王母娘娘叫它下凡间,就是要食尽世间百草新芽,不长恋蝶之野花。它产下的珍珠,能堵人七窍中的花窍。"

梁鼎听后,恍然大悟,转忧为喜,笑着道:"原来是呆大鹅的蛋,易办,易办!"

老道见梁鼎已明白了,呵呵大笑着站起。走出门外,一群吭鹅正从他身边走过。老道又突然想到一事,停了下来,悄悄地向梁鼎道:"差些忘了提及,待山伯服了七姓鹅蛋以后,全家人忌喊鹅,把鹅改喊为'白乌龟'或叫'吭吭'(鹅发出的叫声),如在它面前道破'鹅'字,本法便不灵验了。"梁鼎第二天便从各姓人家中讨齐了七个鹅蛋,吩咐全家禁喊'鹅'字,改称'白乌龟'或'吭吭'(直到如今,宁绍地区仍有人是这样喊鹅的)。罗氏让山伯吃完了七姓鹅蛋,就让他离家去邻村学馆读书。

几年下来,梁山伯再不爱捕蝶采花,只是手捧书本晨读晚背,孜孜不倦地攻读,从此学业大进,参加乡试,竟然名列前茅。

梁山伯的底子他的村里人最清楚,一个爱花恋蝶成性,读书两年只识个"丁"的人,几年后成为才子,谁不眼馋,便一个个来梁家取经。

梁鼎初时不想吐露实情,被人问得无法,只得含糊地道:"当时听了一位道士一句话,说另请高明教授山伯,入学前给他吃七姓人家的鸡蛋,人就会专心。高冠啼五更,催人上金阶!"

虽然梁鼎把鹅蛋说成鸡蛋,自编了几句话,但来访者却信以为真。至于那七姓鸡蛋,哪有办不到的,农家户户都有。从此,一个炮仗满天响,一家传一家,一村传一村,家家效仿,户户学样。以后谁家的孩子上学,再不须向异姓家去讨取,都由妇人主动送往入学者的家。至于灵不灵,灵者自灵,不灵者自不灵。

以后梁山伯才名四扬,为继续深造,便去杭城游学,与祝英台同宿同窗三年。由于他被百草珍珠填塞了花窍,所以察觉不出祝英台是红妆女。到"十八相送"时,祝英台一次次打动他,他仍不开这路窍。最后见着了两只鹅,也是五百年前的冤家,祝英台竟在他面前比喻他是呆头鹅,道破了一直忌讳着的"鹅"字,所以,等"十八相送"回来,梁山伯的心便不安宁了……

以后梁山伯做了鄞县县令,他的学前吃蛋法也传到了宁波。其实,鹅蛋本是民间治头晕病的良方,老道叫梁山伯入学前吃鹅蛋,先治病,后入学,是有一定道理的。只是在流传中添油加醋,加上了许多富有传奇色彩的内容。另外,农村许多地方至今教小孩把鹅叫"吭吭",鹅过来了不叫"鹅来了",而叫"吭吭来了"。

应长裕搜集整理

(流传于宁波、绍兴)

梁祝和双蝶节

彩虹万里百花开,花间蝴蝶成双对。千年万代不分开,梁山伯与祝英台。

梁山伯与祝英台忠实于爱情,最后双双化为蝴蝶,这个故事在江苏宜兴一带流传很广,情节十分动人。

据说在东晋永和年间,上虞有一富家女子祝英台,小名九娘,无兄无弟,才貌双全。父母要她嫁人,她说:"儿当出外求学,求得贤士再嫁。"因而祝英台女扮男装,改称"九官",求学路上与会稽梁山伯相遇,两人一见如故,做伴同到宜兴善卷洞碧藓庵。他俩见这里山清水秀,花开蝶舞,就筑庵读书,同窗三年。梁山伯诚实敦厚,不知祝英台是女子。临别之时,两人再次游碧藓庵,只见一对彩蝶向他们扑面飞来。祝英台说:"假如我们能像蝴蝶一样,双双飞舞花间,该有多自由幸福。"于是祝英台约梁山伯三个月内前来会晤,告知父母,将家中九娘许配给他。实则九娘就是祝英台自己。梁山伯以为自家贫,怕到祝家去求亲,终于耽误了日期,祝英台父母就逼着英台许配给了马家公子。后来,梁山伯考取功名,任鄞县县令。有一次路过祝家庄,就去拜访祝英台。向家童询问"祝九官",家童回答:"祝家只有九娘,并无九官。"梁山伯这才醒悟,原来祝九官就是祝九娘,就向家童说能否以同学之谊与英台见一面。祝英台恨梁山伯来迟,以罗扇遮面,侧身作一揖就进去了。梁山伯懊悔莫及,思念成疾,不久病亡,临终遗言葬在清道山下。

第二年，祝英台出嫁路上，叫船夫绕道清道山下，要到梁山伯墓前祭拜。到了墓前，祝英台失声恸哭。突然，狂风大作，坟墓裂开一道缝，祝英台纵身跳了进去，坟墓重又合拢。一会儿，阳光灿烂，一对蝴蝶从坟墓中飞舞而出。传说黄色大蝴蝶是祝英台，黑色大蝴蝶是梁山伯。

说也奇怪，从此以后，每年早春二月桃李芬芳时，宜兴善卷洞碧藓庵附近常常有一对对彩色大蝶翩翩起舞，穿花栖草，追逐嬉戏，形影不离。当地百姓传说，这些彩蝶就是梁山伯与祝英台精魂所化，他们留恋"同窗共读三长载"的幸福生活，一年一度飞到这里来作旧地重游。宜兴的父老乡亲为纪念这对情侣，把他们读书的碧藓庵改为"英台读书处"，建起了祝陵，还把每年三月一日传说是祝英台生日的这一天称为"双蝶节"。每年到了这一天，都有许多青年男女来这里凭吊。

"读书人去剩荒台，岁岁春风长野苔。山上桃花红似火，双双蝴蝶又飞来。"

这是清代宜兴流传的竹枝词，描绘了当地一年一度双蝶节的风情。

定华搜集整理

（流传于江苏宜兴）

七月十五送纸灯

从前,河南汝南地方,每年农历七月十五中元节有送纸灯的风俗,据说是为祝英台和梁山伯相会指路明道。这特异的风俗包含了梁山伯与祝英台一段悲欢离合的传说。

相传祝英台是河南汝南县人,家住在京汉古道之南的祝庄。她从小聪明伶俐,棋琴书画样样皆能。长到十六岁时,一心想到外地去求学,以增长世面。她爹爹拗她不过,只好让她女扮男装,到县里汝南书院去读书。她在去书院途中结识了梁山伯,两人一见如故,情投意合,结拜义兄弟,一同到汝南书院。白天同窗共读,夜晚同床共眠,梁山伯始终不知她为女性。

阳春三月,汝南乡亲都去种树,梁山伯与祝英台也一同去。两人你挖坑,我培土,一起将一株银杏树种在书院内。后来,这株银杏长得株粗叶茂,冲天高大,乡亲们都爱称它为"梁祝银杏树"。一天,同学们都去郊外游春,大家来到汝南一条河畔,梁山伯与祝英台看到一对美丽的鸳鸯在河中双双戏水,他俩向鸳鸯作丢石子游戏。梁山伯力气大,用力一丢,就击中河中鸳鸯。祝英台力气小,丢了几次丢不远。同学们都笑"他"像个女的,连石子也丢不远。后来,梁山伯与祝英台丢石子戏鸳鸯的这条河就被乡亲们称为"鸳鸯河"。三年学满,梁山伯与祝英台恋恋不舍,依依惜别。梁山伯沿京汉古道送她十八里,祝英台自称家有小九妹相许梁山伯,要他早日来提亲。这段路,乡亲们后来称它为"梁祝十八相送路"。梁山伯因事三个月后才去祝庄求亲,方知小九妹就是祝英台,但是为时已晚,祝父已允马家婚约,将祝英台许配马庄公子马文才。梁山伯与祝英台楼台相会,梁山伯后悔莫及,心灰意冷,突然恸哭身亡。梁家就将他葬在京汉古道之东,立碑于墓前。秋天,马文才来娶亲,祝英台提出三个条件才肯出嫁:一要身穿内白外红衣,二要凤冠内戴麻冠,三要路过梁山伯墓时下轿相祭。马文才只好答应。娶亲这天,花轿沿京汉古道十八相送路来到梁山伯墓前,只见祝英台全身穿白孝服,头戴麻冠,早哭得像泪人一样,从花轿内出来。她跌跌冲冲来到梁山伯墓前,点烛焚香,祭扫一番后站起身来,一头向墓旁柳树撞去,当场身亡。祝家就将她葬在京汉古道之南,与梁山伯墓隔路遥遥相望。

汝南父老乡亲十分同情祝英台与梁山伯的悲惨遭遇,既然他俩生不能结为夫妇,死后也应该让他们相会。因此,每年农历七月十五中元节这天,家家户户都要为祝英台做白色纸灯笼。到了晚上,点上红烛,男女老幼成群结队到祝英台墓上去送纸灯。只见墨黑的夜晚里,祝英台墓四周一直到梁山伯墓的路上,都挂满闪闪发光的纸灯,甚至连树上也挂满了纸灯。传说这天阴世放假,让鬼魂与亲人团聚,纸灯好为祝英台照路,让她一年一度与梁山伯相会。

莫高搜集整理

(流传于河南汝南)

绚丽多彩的梁祝文化

梁祝文化以其丰富的内涵、鲜明的主题、感人的情节、迷人的魅力,激发了历代民间艺人和作家、艺术家的创作欲望,由此衍生出丰富多彩的艺术形式。

绚丽多彩的梁祝文化

[壹]以文学和戏曲形式表现梁祝故事

梁祝文化以其丰富的内涵、鲜明的主题、感人的情节、迷人的魅力,激发了历代民间艺人和作家、艺术家的创作欲望,由此衍生出丰富多彩的艺术形式。

梁祝的文学作品最早是民间传说,由人民群众口头创作、口耳相传。据明代著名学者徐树丕《识小录》介绍:"梁祝事异矣,《金楼子》及《会稽异闻》皆载之。"说明在晋末一百五十年以后的南北朝已把梁祝传说用文字记录下来了。随后各地的民间艺人又以歌谣的形式传唱于街头巷尾,许多优美动听的梁祝歌谣在全国各地创作产生,其数量与梁祝传说不相上下。

到唐代,浙江余杭诗人罗邺创作了《蛱蝶》诗,反映了梁祝传说。除了唐诗以外,还有了新的文学样式传奇小说,如张读《宣室志》中的梁祝故事,是我们今天看到的较早的梁祝文学作品。宋词中有"祝英台近"、"祝英台慢"、"祝英台"等词牌,著名文学家苏东坡、辛弃疾、吴文英均有以这些词牌创作的词作。元曲兴盛时期,元"杂剧四大家"之一王实甫在《韩彩云丝竹芙蓉亭》残曲中借韩彩云之口唱:"哎!你个梁山伯不采(睬)我祝英台,羞得我怏怏而来。"从这里我们可以看到,当时的人们已把梁山伯、祝英台作为比喻对象,可见梁祝传说已广为人知。白朴创作的杂剧《马好儿不遇吕洞宾,祝英台死嫁梁山伯》,为民间戏曲表现梁祝故事开了先河。以后相继出现了明传奇、清小说。明清时期,梁祝传说以民间曲艺的形式广泛流行,如弹词、鼓词、清曲、三弦书、木鱼书、莲花落等几十种曲艺,为大众所喜闻乐见。在清代,多部有关梁祝的长篇小说相继问世,为梁祝文化的发展推波助澜。梁祝文化展示形式最丰富的当属戏曲,在中国上百个剧种中,几乎都有与梁祝相关的剧目,从昆曲、越剧、川剧、京剧、豫剧、晋剧、楚剧、闽剧、粤剧、秦腔到

越剧《梁祝》(袁雪芬、范瑞娟饰)

梁祝传说

京剧《梁祝》（程砚秋、李丹林饰）

豫剧《梁祝》

黄梅戏、洪洞戏、彩调剧、江淮剧，等等，甚至像庐剧、和剧、鄌剧、牛过剧等很小的地方剧种也都编演梁祝戏。这么多剧种涉及同一题材，恐怕是中国戏剧史上绝无仅有的。

[贰]梁祝影视作品

　　梁祝电影也是最早步入中国影坛的。20世纪初，电影艺术刚刚传到中国，1926年，上海邵氏天一影业公司就拍成了无声电影《梁祝痛史》。1940年，岳枫编导了故事片《梁祝》。1953年，上海电影制片厂摄制完成了新中国第一部彩色戏曲片《梁山伯与祝英台》，由袁雪芬、范瑞娟主演梁山伯与祝英台；次年6月，这部电影在瑞士日内瓦

绚丽多彩的梁祝文化

国际会议上放映，倾倒了海外观众，被周恩来总理称为"中国的罗密欧与朱丽叶"。"文革"结束后，梁祝电影成了最早解禁公映的影片之一，也是新中国成立后放映场次最多、上座率最高的国产影片之一。20世纪80年代，当电视剧刚刚兴起之时，由著名越剧表演艺术家范瑞娟、傅全香主演的十八集电视连续剧《梁祝》也闪亮登场，颇受大众欢迎。随后香港、台湾地区及新加坡等国也拍摄了多部有关梁祝的电影和电视剧，有的多至四十集。

[叁] 其他艺术形式

除上述艺术形式外，连环画《梁祝》、舞蹈《梁祝》、芭蕾舞剧《梁祝》及动漫版《梁祝》、杂技《化蝶》也深受观众青睐。而最受世人推崇的小提琴协奏曲

晋剧《十八相送》

芭蕾舞《梁祝》

《梁祝》，1959年5月由上海音乐学院何占豪、陈钢创作，宁波籍小提琴演奏家俞丽拿首奏成功，一举走红大江南北，享誉海内外。2006年10月6日，国防科学技术委员会、中央电视台和中国音乐家协会联合为我国第一颗人造月球卫星"嫦娥一号"选拔三十首播放歌曲，《梁山伯与祝英台》在参与竞选的千万首歌曲中脱颖而出，位居前列。

梁祝文化无处不在、无所不有。民间工艺美术中就有年画、版画、剪纸、彩陶、瓷塑、蝶翅工艺、石雕、木雕、刺绣、草编、泥塑、面塑，等等，这充分说明这一古老而美丽的传说深入人心，经久不衰。

俞丽拿首奏小提琴协奏曲《梁祝》

绚丽多彩的梁祝文化

动漫版《梁祝》

走向世界的梁祝文化

梁祝传说在浙东孕育产生,之后向我国其他地区辐射,并流传到朝鲜半岛、越南、缅甸、日本、柬埔寨、印度尼西亚等亚洲国家,影响到德国、美国等欧美国家,被誉为「东方的罗密欧与朱丽叶」。

走向世界的梁祝文化

梁祝传说在浙东孕育产生，之后向我国其他地区辐射，并流传到朝鲜半岛、越南、缅甸、日本、柬埔寨、印度尼西亚等亚洲国家，影响到德国、美国等欧美国家，被誉为"东方的罗密欧与朱丽叶"。

季羡林先生曾经写道："我们立国于亚洲垂数千年。我们这个勤劳、勇敢、智慧的民族创造了光辉灿烂的文化……亚洲国家到中国来取的中国文化和中国华侨带出去的中国文化是多方面的，中国文学艺术是其中的重要组成部分……流行于中国民间的梁山伯与祝英台的故事也同样传至国外。最初大概是流传于华人社会中，后来逐渐被译成了当地文字，流传到当地居民中间，流传的范围大大地扩大了。这些作品不同程度地在当地产生了影响，使当地居民更进一步了解了中国，从而加深了中国人民和这些国家人民之间的友谊。"季先生以上所述甚为精辟。

[壹]梁祝文化在朝鲜、韩国

中国的梁祝故事流传到国外至今发现最早的要数近邻朝鲜、韩国了，梁祝传说唐宋时期首先传入高丽王国，最新研究表明，在五代十国时期至宋代，唐代著名诗人罗邺的七律《蛱蝶》已被高丽人辑入了《夹注名贤十抄诗》。

罗邺在他的七律《蛱蝶》中咏出了梁祝的传说故事，这是唐诗中仅有的一首与梁祝有关的诗歌，也是至今发现最早的反映梁祝故事的诗歌，还是迄今为止最早反映梁祝"化蝶"的文学作品。《蛱蝶》诗曰："草色花光小院明，短墙飞过势更轻。红枝袅袅如无力，蛱蝶高高别有情。俗说义妻衣化状，书称傲吏梦彰名。四时羡尔寻芳去，长傍佳人襟袖行。"

诗中"俗说义妻衣化状"句，指的就是梁祝的故事。"义妻"是指祝英台因诚信守义，忠贞爱情，殉情而死，其墓被谢安奏封"义妇冢"，这里的"义妻"与"义妇"意义完全相同。"衣化状"，是指祝英台衣裙化为蝴蝶。

这一首诗，是梁祝文化研究中的重大发现，它把反映梁祝化蝶的时间进一步推进到了唐代。从诗中，我们可以看出，当时梁祝故事在社会上广为流传。罗邺作为浙江余杭人，生活在梁祝故事产生和流传地域，对这一传说一定非常熟悉，触景生情，以诗相咏，这也是再自然不过的事了。此外，这一首诗也把梁祝传说流传国外的时间提前到了南宋以前。

《夹注名贤十抄诗》不但收进了罗邺的《蛱蝶》诗，而且在注释中加上了一段《梁山伯祝英台传》，这是至今看到的最早流传到国外的梁祝故事。高丽人的《十抄诗》注本《夹注名贤十抄诗》。用四百三十四字详细叙述了梁祝的完整故事。全文如下:"大唐异事多祚瑞,有一贤才身姓梁。常闻博学身荣贵,每见书生赴选场。在家散祖终无益,正好寻师入学堂。云云。一自独行无伴侣,孤村荒野意恫惶。又遇未来时稍暖,婆娑树下雨风凉。忽见一人随后至,唇红齿白好儿郎。云云。便道英台身姓祝,山伯称名仆姓梁。各言抛舍离乡井,寻师愿到孔丘堂。二人结义为兄弟,死生终始不相忘。不经旬日参夫子,一览诗书数百张。山伯有才过'二陆',英台明德胜'三张'。山伯不知她是女,英台不怕丈夫郎。一夜英台魂梦散,分明梦里见爷娘。惊觉起来静悄悄,欲从先归睹父娘。英台说向梁兄道:儿家住处有林塘,兄若后归回王步,莫嫌情旧在儿庄。云云。归舍未逾三五日,其时山伯也思乡。拜辞夫子登岐路,渡水穿山到祝庄。云云。英台缓步徐行出,一对罗襦绣凤凰。兰麝满身香馥郁,千娇万态世无双。山伯见之情似醉,终辨英台是女郎。带病偶题诗一绝,黄泉共汝做夫妻。云云。因兹深染相思病,当时身死五魂扬。葬在越州东大路,托梦英台到寝堂。英台跪拜哀哀哭,殷勤酹酒向坟堂。祭曰:君既为奴身已死,妾今相忆到坟旁。君若无灵教妾退,有灵需遣冢开张。言讫冢堂面破裂,英台投入也身亡。乡人惊动纷又散,亲情随后援衣裳。片片化为蝴蝶子,身为尘灰事可伤。云云。"

从这篇文字中,我们可以看到梁祝传说中祝英台女扮男装、梁祝同堂读书、山伯祝庄访问及合葬等基本情节完备,其中最有价值的就是祝英台衣裳片片化为蝴蝶子的化蝶情节。

梁祝故事为什么这么早就会传到高丽王国？这与古代中国尤其是宁波和高丽密切的经济、文化交流有着重要的关系。

早在春秋时期,中国与朝鲜半岛就已经通过海路进行广泛的贸易。唐代时,两国文化、经济交流进入繁盛时期。经五代十国,北宋完成统一后,海上贸易兴盛,与高丽王国开始了频繁的商贸往来和密切的文化交流。当时明州(宁波)是宋朝与高丽之间交往的主要口岸。1117年,宋朝廷特在明州建造高丽使馆,办理去高丽的准许证,接待高丽使者。宋代也是明州官府和民间推崇梁山伯勤政为民和梁祝爱情的时代,明州知府李茂诚作《义忠王庙记》(即《梁山伯庙记》),虔诚修缮庙宇,庄重立碑颂扬。民间更是兴起了祭祀梁祝、传颂梁祝故事的活动,这些对高丽使节、文人及来往于两国间的民间人士产生了很大影响,使得梁祝故事在高丽文人圈和人民群众中广泛

19世纪朝鲜木刻本《梁山伯传》

流传，终于牢牢地扎根于朝鲜半岛的土壤上，并在口耳相传中不断加工提炼，进而另开奇葩，我们今天还能看到朝鲜19世纪的木刻本和活字本的《梁山伯传》。

1898年，俄国学者尼·盖·加林－米哈依洛夫斯基完成环球旅行。他在朝鲜时曾搜集、记录了一些民间故事，后在俄国出版了《朝鲜民间故事集》，其中《誓约》即为他当时采集到的流传于朝鲜北部的众多梁祝传说中的一篇。20世纪30年代，作家刘半农之女刘小蕙将俄文版《誓约》翻译成法文，梁祝传说又流传到了法国等欧洲国家。

[贰]梁祝文化在印度尼西亚

梁祝传说很早就由华人传到海外。19世纪以来，梁祝故事的译本或改写本就出现在印度尼西亚。作为最早传播梁祝故事的国家之一，印尼还把它列为"世界四大著名爱情悲剧"之一，有多种部族语言的版本。

1873年，印尼中爪哇三宝垄出版的凡·多普的《爪哇年鉴》上刊登了爪哇文的《山伯、英台》。梁祝故事在印尼不仅有爪哇文，还有巴厘文、马都拉文和乌戎潘当（即望加锡）文等版本。根据印尼学者奥托姆·台台的介绍，仅《梁祝》的马都拉文版本就有好几种。而早在这些译本出现之前，通过居住在当地的华人的口耳相传，梁祝传说早已家喻户晓了。

当时印尼出版的梁祝故事，既有散文，又有诗歌，至少有十多种，分别在巴达维亚（雅加达旧称）、三宝垄、梭罗和泗水等城市出版，有的还一版再版。如1885年由华人文信和翻译的《梁祝》，1892年和1902年分别出了第二和第三版，至1922年已出了第六版。1890年由华人郑丁兰写的诗歌形式的梁祝故事出版，在1892年和1895年出了第二、第三版。由乔及源编译的《梁祝》至少出了三版（1897年、1926年和1930年）。

从翻译到改编，有的印尼语或印尼部族语言的版本增添了原著中没有的内容以吸引读者；有的把故事本地化，便于读者理解。如19世纪70年代后，《山伯与英台》的爪哇文和巴厘文校订本

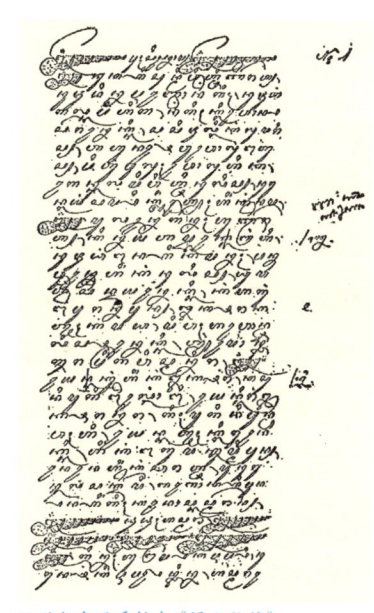
19世纪印尼手抄本《梁山伯传》

19世纪印尼书籍中的梁祝故事插图

里，英台多次到山伯坟前祭奠，还写了祭文，并在坟前喝酒，这些都不是爪哇葬礼的习俗，而是中国葬礼的习俗。而在1920年的爪哇文版本和1915年的巴厘文版本里，中国特有的祭坟仪式虽然没有被全部取消，但已经过改造，与爪哇和巴厘的风俗相符。在1990年巴厘文的版本里，英台骑着摩托车赴杭州，半路上带上了要搭车的山伯，于是英台加大油门，风驰电掣般地驰往杭州。在另一个改写本里，山伯、英台还一起去唱卡拉OK。马都拉文版本的《梁祝》还有下面一个有趣的情节：梁山伯、祝英台在赶赴杭州上学的路上，看到一座古庙，里面有金童玉女两尊塑像。英台故意装做不知道塑像是什么人，问山伯。山伯解释说，他们是旧时的一对恋人，把他们的塑像放在庙堂上，是为了供后人瞻仰和效法。英台听了一阵窃喜，山伯却对英台的暗示一点也不知道，气得英台指责山伯"笨如水牛"。"笨如水牛"是印尼家喻户晓的成语，因为在当地老百姓心目中，牛不动脑筋，总是被人牵着鼻子走路。汉语中也说"笨如牛"，可是不说"笨如水牛"。

印尼还有大量的梁祝戏剧，深受当地民众喜爱。

印尼版《山伯与英台》

[叁]梁祝文化在越南

越南和中国是山连山、水连水的邻邦，两国文化交流源远流长，梁祝文化对越南人民也有深刻的影响，中国梁祝化蝶的美丽传说在越南几乎家喻户晓。

早在清代，越南著名诗人潘孟各有诗曰："平生每恨祝英台，怀抱为何不早开。我愿东君勤用意，早移花树向阳开。"并在注解中介绍了中国梁祝传说。

20世纪初，越南文化界翻译了一批当时在上海流行的鸳鸯蝴蝶派著作，对越南文学的发展起到了积极的作用。这也对中国优秀传统文化如梁祝文化在越南的传播创造了有利的条件。

1955年春，电影《梁山伯与祝英台》与越南观众见面，越南人民非常喜欢，对电影最后的情节印象更是深刻：从墓里钻出来的一双彩蝶，在天空中展翅飞翔。

随后越南以梁祝传说为题材的歌剧等文艺样式频繁出现，最突出的还是改良的艺术品种。当时中央和地方的几家艺术团

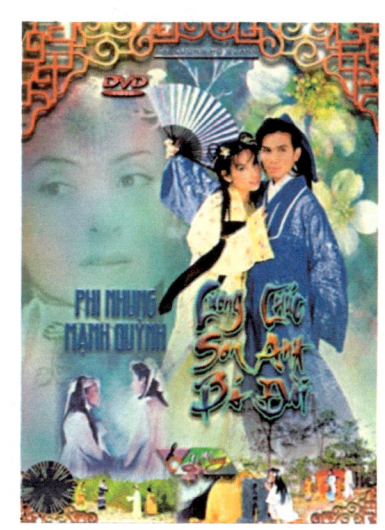

越南梁祝戏剧招贴

都开始进行梁祝歌剧表演,并得到了越南人民的热烈欢迎。越南领导人胡志明非常关心并鼓励对梁祝题材的改编演出,而且多次观看梁祝题材的影视片和舞台剧,并当场吟诗抒怀:"一对山伯英台,情可重,才可惊。只因为这个糊里糊涂的老人家(指着演祝公远的演员),使鸳鸯一对,不成婚配。(举起拳头)粉碎封建主义,使许许多多英台山伯成全婚姻!"

通过各种艺术样式对梁祝故事的改编表演,梁祝文化广泛地传播到越南人民群众中间。通过这样的传播,中越两国文化交流得到了加强,进一步加深了两国人民的友谊。

[肆]梁祝文化在日本

日本著名小提琴演奏家西崎崇子被誉为"日本的祝英台",她从20世纪70年代开始演奏小提琴协奏曲《梁祝》,并将其改编成《蝴蝶爱情曲》。

1992年,日本著名艺术家皇夏纪根据中国的梁祝传说创作了一部包括三百六十多幅漫画的《梁山伯与祝英台》,在日本广泛发行,产生了很大

日本小提琴演奏家西崎崇子

影响。

2007年9月13日，日本宝塚歌舞剧团携日本版"梁祝"及热烈欢快的南美风格歌舞《南十字星》首次在上海大剧院亮相。六百名追随而来的日本追星族以他们特有的掌声和喝彩声成为当晚一道独特的风景。

宝塚版的"梁祝"名为《蝶恋》，除了里面时时回荡着小提琴协奏曲《梁祝》的主旋律外，无论是时代、环境还是人物都完完全全地放在古代日本的背景之下。故事讲的是古代日本两个不同地方的青年雪若（梁山伯）和雾音（祝英台）在一起学习舞乐《蝶恋》，从共舞到相爱，最后因为棒打鸳鸯而双双殉情化蝶。《蝶恋》实际展现的是一个完全传统的日本故事，古代的宫廷生活，贵族男子习舞的文化传统，盛开着樱花的蝶恋舞，清冷孤寂的江雪扁舟，哀怨悲戚的结局散发着日本古代文化中浓郁的贵族文人气息和诗意。宝塚歌舞剧团团长植田绅尔说："在日本的传说故事中，也有一些类似的化蝶故事，这应该是一种世纪性的浪漫传说。"

谈到梁祝文化在日本的传播，我们不能不提到一位日本友人的名字，他就是渡边明次。

现年六十五岁的渡边明次在日本担任了三十多年的中学教师，2002年退休后来到中国，自费在北京学习汉语。2004年年底，渡边在课本上学到《梁山伯与祝英台》，开始他还以为讲的是《水浒传》

里的梁山泊，但渐渐理解课文的内容后，才认识到讲的是中国版的罗密欧与朱丽叶的故事。

渡边对这个爱情故事着了迷，为了提高中文水平，他就天天朗读这篇课文。但越读疑问越多：梁祝到底是什么年代的故事？梁山伯与祝英台是什么样的人？他虚心地请教周围的老师和同学，可大家都一笑了之，说"那只是传说"。渡边不死心，终于在那篇课文上发现了唯一的线索——杭州。

2005年5月，渡边来到杭州，几经周折打听到宁波有梁祝文化公园，到了宁波梁祝文化公园又打听出在中国各地一共有几十处梁祝古迹。渡边于是去江苏、河南、山东、四川……总共寻访了十多处梁祝传说遗址。有的梁祝传说遗址如宁波梁祝文化公园，他甚至去了十多次，搞得公园的门卫看见他就说："免费，免费。"

渡边足迹遍及中国大江南北，梁祝的形象也在他的脑海里越来越清晰，他就以自己寻访梁祝的经历写成了毕业论

日本漫画《梁山伯与祝英台》

文，没想到竟被学校评为优秀论文。

但有一点渡边一直搞不明白，日中两国的交流源远流长，日本从中国学到了汉字，为什么蕴涵精深的中国传统文化的梁祝故事没有传到日本？渡边毕业后回到日本，就开始致力于梁祝文化的传播。

渡边把毕业论文翻译成日文，委托给擅长中日语言互译和编辑的日本侨报社出版。为了扩大书的发行，他借用名人效应，请他当年的学生、如今在日本很有名气的女歌手相田翔子写寄语。书中还摘录了日本著名指挥家小泽征尔的一段话："小提琴协奏曲《梁祝》，这支曲子是很神圣的，必须跪着听。"2007年5月30日，渡边明次用中日双语撰写的对译版《梁祝故事真实性初探》一书在东京举行了首发式。中国梁祝文化研究会会长周静书在该书的序言中称渡边明次是"全面走访中国梁祝文化遗存地的日本第一人，也是国外第一人"。此后渡边先生还出版了两部译著：张恨水长篇小说《梁山伯与祝英台》（中日对译版）和周静书主编的《梁祝口承传说集》（日文版）。与此同时，首个日本梁祝文化研究所宣告成立，日本各大媒体和中国的《人民日报》等纷纷作了报道。目前，渡边明次还准备在日本编排日语版的《梁山伯与祝英台》歌剧，请他最得意的女学生相田翔子出任主角。

渡边明次作为一位推广梁祝文化的学者，正在用行动表达自己对于梁祝文化的独特感情。他对梁祝的爱情观、求学观，梁山伯的从政观等都有独到的见解，使梁祝研究的领域有所拓展，有所丰富。

[伍] 梁祝文化在欧美各国

20世纪40、50年代以后，梁祝文化以电影、戏剧、音乐、舞蹈等形式在欧美各国广泛传播，受到德国、俄罗斯、瑞士、芬兰、法国、匈牙利、美国、加拿大等欧美国家人民的倾情赞美。越剧《梁祝》在德国演出时谢幕达二十八次之多。1954年，周恩来总理将电影《梁祝》带到瑞士日内瓦国际会议，为新中国外交打破国际封锁立下了

俄罗斯小提琴家玛丽安娜演奏《梁祝》

奇功。美国20世纪70年代用小提琴协奏曲《梁祝》作为向太空人发射的语言信号之一；喜剧大师卓别林观看彩色越剧艺术片《梁祝》时，泪流满面，连连称赞中国优秀的民族文化；冰上芭蕾舞明星弗莱则将《化蝶》乐曲作为自己演出时的伴奏曲。法国畅销电影《花轿泪》选用小提琴协奏曲《梁祝》作为结尾音乐。英国有《梁祝》音乐剧、话剧等。

　　风景秀丽的意大利维罗纳市是莎士比亚笔下罗密欧与朱丽叶的家乡，宁波则是被称为"东方的罗密欧与朱丽叶"的梁祝的故乡。2008年9月，中国宁波市政府和意大利维罗纳市政府联合举办的中意爱情文化节在维罗纳市举行，中意双方为宁波赠送的"梁祝化蝶"汉白玉雕塑举行了隆重的揭幕仪式。当天，来自宁波的十五对新人举行了名为"浪漫维罗纳"的集体婚礼。

　　宁波市与维罗纳市于2005年缔结友好城市关系，时任维罗纳市市长率十对意大利新人赴宁波参加了第三届中国梁祝爱情节，完成了东西方两大爱情故事的"联姻"。2007年，新任维罗纳市市长率团访问宁波，参加了第四届中国梁祝爱情节，并向宁波市赠送了复制的朱丽叶铜像。

梁祝文化的保护与传承

梁祝传说作为具有世界影响的非物质文化遗产,经过一千多年的流传,衍生了丰富多彩的艺术样式,成为中华文化宝库中的宝贵财富。在经济和文化迅速发展的时代里,对以梁祝传说为主的梁祝文化进行抢救和保护,显得越来越迫切了。

梁祝文化的保护与传承

梁祝传说作为具有世界影响的非物质文化遗产，经过一千多年的流传，衍生了丰富多彩的艺术样式，成为中华文化宝库中的宝贵财富。在经济和文化迅速发展的时代里，对以梁祝传说为主的梁祝文化进行抢救和保护，显得越来越迫切了。

[壹]梁祝文化的濒危状况

1. 口述传唱的濒危状况

梁祝的民间传说和民间歌谣，历来主要是通过口耳相传途径传承的。随着人类生活方式的改变和文化传播手段的创新，现代社会里的人们已不再完全依托口耳相传的传授方式，这本身是社会文明进步的体现，我们不能单纯地将这种传承方式逐渐消失的现象称为"濒危"。梁祝传说真正的濒危状况，是未及时将老一辈传承人口头传承的传说和歌谣抢救出来，这样就会出现人逝音消的危险。因此，将梁祝传说和歌谣及时记录下来是当前十分紧迫的任务。20世纪80年代，全国性的大规模民间文学搜集整理工作，是对包括梁祝传说在内的非物质文化遗产一次十分有效的抢救和保护。如今保留下来的梁祝歌谣大多得益于彼时。当时口述的老艺人现在大多已逝去，当时四五十岁的中年民间艺人现今也届古稀之年，如不再继续挖掘抢救，就将错失良机。尤其是偏远地区和人口流动频繁的地方，是目前抢救记录的重点。所以对口述梁祝传承人的保护，首先应着意于非物质文化内容的人文保护，留住我们民族的记忆；其次可以发挥他们力所能及的可持续传承的功能。而对传承人生活状况的关注和帮助，则是政府、社会应该承担的一种人道责任。

2．纸质传承的濒危状况

我国大量的非物质文化是依托纸质传承而保存下来的。如民间的手抄本、木刻本、石印本、油印本、铅印本，直到今天电脑制版的印刷品。梁祝传说、歌谣以及民间剪纸、手绘年画、木版年画等历来由纸质传承下来，由于历史的变迁，人为的和自然的损毁十分严重，大量的古代和近现代梁祝文化的珍贵纸质版本仍散落在社会上。宁波从20世纪80年代开始着手抢救和保护纸质梁祝文化，从故纸堆里、

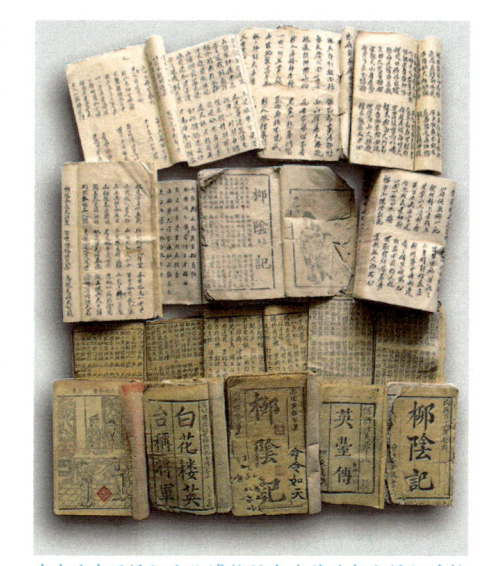

在宁波中国梁祝文化博物馆内珍藏的部分梁祝手抄本、木刻本

《梁祝文化大观》和《梁祝文库》主编周静书致力于梁祝民间故事、歌谣等梁祝文化资料的抢救整理，目前抢救整理的已达五百万字

从收藏家手中、从造纸厂打浆机旁倾力搜集抢救，如今已积聚数以千计。许多都是明、清、民国时期的珍贵书籍，其中有的是残缺不齐、一碰就碎的严重蚀损的本子。据考察，目前全国还有很多各个历史时期的梁祝文化资料和与梁祝文化有关的民间工艺美术的版本，有些已流散到国外，如不及时采取有效措施，其中很大一部分可能会在流转中损毁消失。

3. 梁祝民间文艺的濒危状况

梁祝民间文艺在历史上也是丰富多彩的，如民间工艺方面有陶艺、瓷塑、剪纸、木版年画、面塑、草编、刺绣、蝶翅画、竹木根雕等。民间表演艺术方面有摊簧、秧歌、马灯、抬阁、高跷、木偶、皮影戏等。这些伴随着我国多姿多彩的民间文艺而繁衍的梁祝文化，在历史长河中时起时伏。有些因老艺人的去世而工艺失传，有些因地域文化生态的变迁而消亡，也有的则因为梁祝文化的地域性弱化而消失。梁祝民间文艺的濒危状态与这些作为载体的民间文艺形式自身的濒危状况是一致的，因此抢救保护梁祝民间文艺，与抢救保护这些民间文艺形式应是同步的。

4．梁祝民间信仰和风俗的濒危状况

梁祝的民间信仰和风俗与梁祝传说一样悠久。全国闻名的梁山伯庙会延续了一千多年，但历史上也有断层，如20世纪40年代始中止了四十多年。80年代开始曾兴盛多年，但目前传统的庙会形式正在弱化，传统的信仰、风俗也在弱化，参与坐夜、祭祀的人数在逐年下降，民间演戏敬神变为有组织的民间戏曲演唱大赛等以吸引观众，有些像祝英台归乡、三月三喝菜汤的习俗几乎绝迹。只有孩童上学吃蛋习俗至今还盛行。其他地区的双蝶节、扎纸灯风俗也时行时停。梁祝民间风俗总体上是在消弱或转型。

[贰]梁祝文化的保护与传承

从20世纪90年代，特别是梁祝传说被列入浙江省和国家非物质文化遗产名录以来，宁波、上虞和杭州等地将梁祝传说的保护传承工作列入议事日程，并采取有力措施进行抢救保护。尤其是对梁祝文化遗址的保护、梁祝传说等古籍的抢救和理论研究工作，浙江

省始终走在全国前列。1981年,中国民间文艺研究会浙江分会与上海、江苏吴语区协作,将梁祝传说确定为重点研究课题之一。1985年春,浙江梁祝研究小组开始向全国征集梁祝资料,得到了全国各地的支持,征集到梁祝传说故事、歌谣、曲艺和民间戏曲等采录稿和印本、抄本二百多件,编成《梁祝故事资料选》和《梁祝歌谣资料选》两册。1986年,浙江省民间文艺家协会在上虞举办了梁祝学术研讨会。1987年,浙江、江苏、上海两省一市在宁波召开了首次全国性的梁祝学术研讨会,会议收到了五十多篇有分量的学术论文,掀起了20世纪第三次梁祝研究高潮。这次会议大力推动了浙江和宁波的梁祝文化抢救保护工作。从此开始,宁波进入了梁祝文化遗址和梁祝口头文化遗产的保护整理阶段。1993年,周静书、白石坚等历时五年搜集整理了近百个梁祝故事,出版了中国"四大民间传说"中第一本专集《梁祝故事集》。1995年,宁波鄞县联合杭州、上虞及全国各地专家学者着手编纂《梁祝文化大观》,挖掘抢救了一大批口传、手抄及刻印的梁祝文化古籍。1996年,浙江省民间文艺家协会在鄞县建立梁祝文化研究中心。1999年底,周静书主编的《梁祝文化大观》"故事歌谣卷"、"曲艺小说卷"、"戏剧影视卷"、"学术论文卷"由中华书局正式出版,著名民俗学家和民间文学作家钟敬文先生作序并高度评价:"《梁祝文化大观》这一巨著,其内容之丰富,资料之周全,蔚为大观。本书充分展示了梁祝文化的绚丽多彩,反映了梁祝文化整理和研究的最新成果,为抢救和保护宝贵的历史文化遗产,弘扬优秀民族文化,促进研究和开发利用,作出了重大贡献。"《梁祝文化大观》先后被国家图书馆和联合国教科文组织收藏,并在文化部等在中国历史博物馆举办的首次非物质文化遗产抢救保

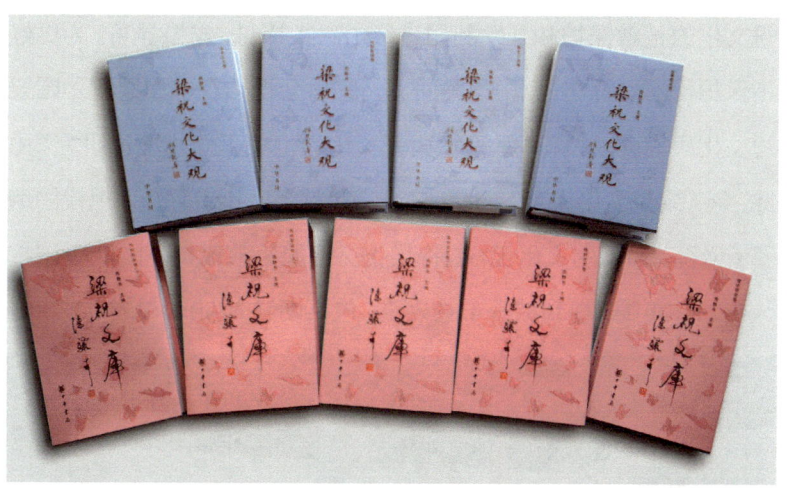

中国梁祝文化研究会与宁波市鄞州区联合编纂的《梁祝文化大观》和《梁祝文库》,成为令国内外瞩目的非物质文化遗产保护的突出成果。曾在首次非物质文化遗产抢救保护成果展览会上展示

2002年梁祝文化国际学术研讨会开幕式

护成果展览会上展示。2002年，由中国民间文艺家协会主办的首届梁祝文化国际学术研讨会在宁波鄞州召开，联合国教科文组织驻北京代表处代表青岛泰之和中国文联主席周巍峙等专程出席。来自全国和十多个国家及地区的专家学者提交了六十多篇论文，集中对梁祝文化的抢救保护和开发利用进行了深入探讨，成果显著。为更好地保护传承梁祝文化，中国民间文艺家协会批准在宁波建立中国梁祝文化研究会，并启动新一轮梁祝文化的抢救工作和理论研究。由此，继《梁祝文化大观》之后，宁波又专题立项开始了更大规模的编纂《梁祝文库》的文化工程，将梁祝文化的抢救保护范围从全国扩大到国际范围，规划编纂十卷以上，包括朝鲜、韩国、日本、越南、

中国梁祝文化研究会会长周静书在法国巴黎联合国教科文组织总部向世界遗产缔约国大会主席贾拉利赠送《梁祝文化大观》

印度尼西亚、英国、俄罗斯等国的梁祝文化成果。2007年，中华书局出版了《梁祝文库》"民间歌谣卷（上）、（下）"，"理论研究卷"，"越剧艺术卷"，"国外文艺卷（上）、（下）"，目前已基本完成编纂的有"戏剧艺术卷（上）、（下）"。

与此同时，中国民间文艺家协会命名宁波市鄞州区为"中国梁祝文化之乡"，中国梁祝文化博物馆落户宁波鄞州，向国内外征集梁祝文化资料、实物的工作也正式启动。目前，从古代到近现代的一大批梁祝手抄本、木刻本、石印本、油印本及图片、实物已经逐步搜集珍藏于中国梁祝文化研究会的梁祝资料馆内。

在梁祝文化传承方面，在宁波市和鄞州区的重视下，在中国梁

集梁祝文化之大成的《梁祝文库》举行首发式

祝文化研究会和宁波市文联、鄞州区文联、鄞州区教育局具体指导下，组织骨干教师编写完成了《绚丽多彩的梁祝文化》学生读本，以鄞州区高桥镇为示范点，逐步向鄞州全区和宁波市中小学推广，并计划在上虞、杭州及全省各地推广。

在民俗传承方面的工作，宁波、杭州、上虞等地都有较大的推进。宁波在保持对爱情忠贞不渝的民间信仰主题下，创新传统庙会节庆风俗，已先后举办了四届中国梁祝爱情节，每届有几百对海内外新人相聚一起，见证梁祝爱情，弘扬传统美德。并联手罗密欧与朱丽叶的家乡意大利维罗纳市，将梁祝爱情风俗拓展到国外，使东西方两大爱情圣地珠联璧合，交相辉映。宁波一年一度的梁祝

2002年全国五十六个民族的新人在爱情圣地宁波举行盛大的婚礼

2005年宁波市与意大利维罗纳市联手在宁波梁祝文化公园举办中国梁祝爱情节

2007年第四届中国梁祝爱情节在宁波梁祝文化公园举行

庙会，除保持一些民间传统习俗外，还创新组织万人相亲会，创下了吉尼斯世界纪录，有效地促进了婚姻和谐、家庭和谐与社会和谐。

　　杭州建立了规模较大的万松书院梁祝读书纪念旅游景观；举办传统的游学活动，将古老的求知求学与现代社会人才培育理念结合起来，较好地演绎了梁祝文化的内涵。上虞着力打造"中国英台之乡"品牌，召开了沪、杭、绍、甬梁祝文化学术研讨会，出版了《上

宁波市鄞州区梁祝文化公园内的音乐广场

虞乡贤文化》专辑，在上虞市博物馆设立梁祝文化陈列展览，保护祝家庄遗迹，规划建设祝家庄风情旅游区，这些都为传承梁祝文化提供了有利的条件。

此外，梁祝文化的传承工作在全国相关申报地区也有较大的进展，如江苏宜兴先后出版了《宜兴梁祝文化·史料与传说》、《梁祝文化研究论文集》等，山东济宁举办"梁祝文化在济宁"专家研讨会，对明代梁山伯祝英台墓记碑进行了发掘保护，出版了《梁祝传说源孔孟故里》等著作。2003年10月，浙江宁波、上虞、杭州，江苏宜兴，山东济宁，河南汝南四省六地还同时举办梁祝传说邮票首发式，通过活动来宣传保护梁祝文化。

在中国和世界大力推进非物质文化遗产保护的形势下，梁祝文化的保护、传承和研究正呈现出前所未有的良好势头。梁祝是浙江的，是中国的，也是属于世界的，梁祝文化的繁荣是我国历代各地人民群众和艺术家共同创造的，它是中华民族优秀传统文化的奇葩，也是人类共享的珍贵的非物质文化遗产。2008年5月，浙江省向国家文化部提交了梁祝传说申报世界非物质文化遗产文本。我们要继续大力推进梁祝文化的保护与研究，扩大梁祝文化的传承与利用，促进梁祝文化在新的历史时期的发展与繁荣，共同为梁祝传说跻身于世界非物质文化遗产之列而不懈努力。

参考文献

1. 《祝英台故事专号》,广州中山大学《民俗周刊》第九十三、九十四、九十五期合刊,1930年2月。
2. 钱南扬《梁祝戏剧辑存》,上海古典文学出版社,1956年7月。
3. 《歌谣》,北大歌谣研究会编,中国民间文艺出版社,1985年11月影印本。
4. 张恨水《梁山伯与祝英台》,北京宝文堂书店,1954年11月。
5. 路工《梁祝故事说唱集》,上海出版公司,1955年4月。
6. 罗永麟《论中国四大民间故事》,中国民间文艺出版社,1980年5月。
7. 《梁祝故事集》,周静书、白石坚编,今日中国出版社,1993年6月。
8. 贺学君《中国四大传说》,浙江教育出版社,1995年3月。
9. 孙远志《中国印度尼西亚文化交流》,北京大学出版社,1999年3月。

10. 《梁祝文化大观》"故事歌谣卷"、"曲艺小说卷"、"戏剧影视卷"、"学术论文卷",周静书主编,中华书局,1999-2000年10月。

11. 《梁祝的传说》,周静书编,中华书局,2001年10月。

12. 谢振岳《宁波节令风俗》,当代中国出版社,2001年3月。

13. 《宜兴梁祝文化·史料与传说》,方志出版社,2003年10月。

14. 《上虞乡贤文化》(第二辑),上虞市乡贤研究会编,2004年。

15. 《梁祝传说源孔孟故里》,樊存常主编,文物出版社,2005年8月。

16. 《梁祝文库》"民间歌谣卷(上)、(下)","理论研究卷","越剧艺术卷","国外文艺卷(上)、(下)",周静书主编,中华书局,2007年10月。

17. 许端容《梁祝故事研究》(一)、(二)、(三)、(四),台湾秀威资讯科技股份有限公司,2008年。

出版人　蒋　恒
项目统筹　邹　亮
责任编辑　唐念慈
装帧设计　任惠安
责任校对　钱锦生

装帧顾问　张　望

图书在版编目（CIP）数据

梁祝传说/周静书编著.－杭州：浙江摄影出版社，
2009.6（2023.1重印）
（浙江省非物质文化遗产代表作丛书/杨建新主编）
ISBN 978-7-80686-780-8

Ⅰ.梁…　Ⅱ.周…　Ⅲ.民间故事-简介-中国　Ⅳ.
I207.7

中国版本图书馆CIP数据核字（2009）第068428号

梁祝传说

周静书　编著

出版发行　浙江摄影出版社
　　　地址　杭州市体育场路347号
　　　邮编　310006
　　　网址　www.photo.zjcb.com
　　　电话　0571-85170300-61010
经　　销　全国新华书店
制　　版　浙江新华图文制作有限公司
印　　刷　廊坊市印艺阁数字科技有限公司
开　　本　960mm×1270mm　1/32
印　　张　5.5
2009年6月第1版　　2023年1月第3次印刷
ISBN 978-7-80686-780-8
定　　价　44.00元